檸檬樹出版

檸檬樹出版

動感日語單字

背景音樂介紹

音樂名稱

Living on the Road

音樂風格

大腦聽了，變快樂；
雙腳聽了，打拍子；
耳朵聽了，還想聽；
眼睛聽了，亮起來；
嘴巴聽了，來段 **Rap**！

★本書的使用說明★

20秒 學會單字

★ 單字學習區 20 秒

字首相同，其他字不同

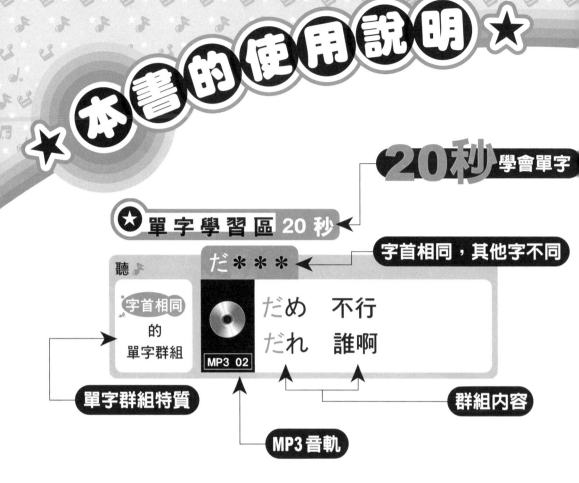

聽

字首相同 的 單字群組

だ＊＊＊

だめ　不行
だれ　誰啊

MP3 02

單字群組特質

群組內容

MP3音軌

MP3 是這樣錄音的

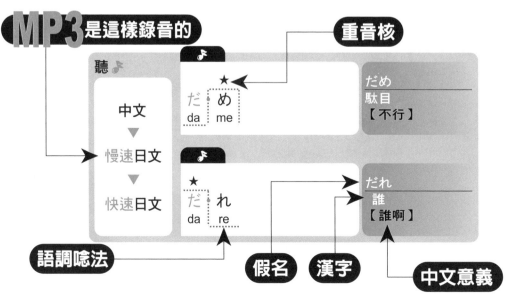

聽

中文
▼
慢速日文
▼
快速日文

★
だ め
da me

だめ
駄目
【不行】

★
だ れ
da re

だれ
誰
【誰啊】

語調唸法

重音核

假名

漢字

中文意義

★ 本書的學習方法 ★

Step 1 ⋮ 暖身區

動感節奏學習區 Music Japanese

★ 達成目標：聽完好聽的音樂，日文單字馬上記起來！

 舉例說明 P014-動感節奏學習區 Music Japanese ➊

群組 001	★ 動感節奏 ＋ 聽音樂學習 ★		
	♪♫	♪♫	羅馬拼音
	不行 ➡	だめ	da.me
	誰啊 ➡	だれ	da.re

MP3是這樣錄音的…	MP3這樣錄音的好處是…
搭配【動感節奏】背景音樂	● 你會聽到【動感活潑的音樂】
群組 001 唸〔中文〕不行 ▼ 唸〔日文〕だめ ▼ 唸〔中文〕誰啊 ▼ 唸〔日文〕だれ	● 你會聽到【唸起來有押韻感覺】的單字群組 ● 你會忍不住【想隨音樂扭一扭】 ● 你會忍不住【想來一段日語 Rap】 ● 你會感覺 **唸日文，像唱歌一樣快樂！** ● 你會感覺【學日文，像聽音樂一樣輕鬆】！ ● 你可以【快速掌握日文的語感】 ● 你可以【說一口道地日語】

▶ 群組 002 ▶ 群組 003 ▶ 群組 004

Step 2 【40秒學習區】

★ 達成目標：40秒學會2個單字、2個例句！

【★ 單字學習區】20秒

P015 - 群組 001

MP3 是這樣錄音的		**MP3** 這樣錄音的 **好處** 是…
唸〔中文〕	不行	● 你可以【知道現在要學什麼單字】
唸〔慢速日文〕	だ・め 每一個假名都唸得很清楚	● 你可以【聽清楚每一個假名的發音】 ● 你可以【聽清楚單字的重音和語調】
唸〔快速日文〕	だめ	● 你可以【熟悉日本人說這個字的速度】 ● 你可以【記住單字的發音】 ▼ 聽到日本人說這個字 ▼ 你就能 ## 立即反應！

P015 - 群組001

聽		★
中文		現在 不行。
分段&慢速日文 ▼		いま は だ め 今 は 駄目 です。
快速日文		i ma ▼ wa ▼ da me ▼ de su

聽		★
中文		是 誰啊？
分段&慢速日文 ▼		だ れ 誰 です か。
快速日文		da re ▼ de su ka

# MP3 是這樣錄音的…	# MP3 這樣錄音的**好處**是…
唸 〔中文〕 現在不行。	● 你可以【知道現在要學什麼句子】
唸 〔分段〕 & 〔慢速日文〕 いま だ め 今 は 駄目 です。 i ma▼ wa ▼ da me▼ de su 停一下 停一下 停一下	● 你可以【聽到分段&慢速度唸句子】 ● 你可以【分段背句子，記得牢】 ● 你可以【跟著慢速度，說出正確日文】 ● 你可以【聽清楚每一個單字的發音】
唸 〔快速日文〕 いま だ め 今 は 駄目 です。	● 你可以【熟悉日本人說這句話的速度】 ● 你可以【記住句子的發音】 ↓ **聽到日本人說這句話** ↓ 你就能 # 馬上聽懂！

Step 3  驗收區

★再聽一次 暖身區

【動感節奏學習區 Music Japanese】

聽到中文，就知道日文怎麼說！

【不行】的日文怎麼說 → ？

【誰啊】的日文怎麼說 → ？

【大海】的日文怎麼說 → ？

【說謊】的日文怎麼說 → ？

CONTENTS ☆

〔内容〕選擇標準：

字首相同的單字群組

字尾相同的單字群組

部分相同的單字群組

〔內容〕選擇標準：

相互對應的單字群組

意義相反的單字群組

PART ②

用聽的學日語單字

PART ①

字首相同的單字群組
字尾相同的單字群組
部分相同的單字群組

★ 動感節奏學習區 ★

暖身區

Music Japanese ①

MP3 01

★背景音樂：Living on the Road
★學習內容：單字群組 001～004
★學習次數：唸 2 次

預備

♪1拍　♪2拍　♪3拍　♪4拍　四拍前奏

Go！開始

群組 001	★ 動感節奏 ＋ 聽音樂學習 ★		
	♪♪	♪♪♪	羅馬拼音
	不行 ➡	だめ	da.me
	誰啊 ➡	だれ	da.re

群組 002	★ 動感節奏 ＋ 聽音樂學習 ★		
	♪♪	♪♪♪	羅馬拼音
	大海 ➡	うみ	u.mi
	說謊 ➡	うそ	u.so

群組 003	★ 動感節奏 ＋ 聽音樂學習 ★		
	♪♪	♪♪♪	羅馬拼音
	螃蟹 ➡	かに	ka.ni
	獲勝 ➡	かち	ka.chi

群組 004	★ 動感節奏 ＋ 聽音樂學習 ★		
	♪♪	♪♪♪	羅馬拼音
	白色的 ➡	しろい	shi.ro.i
	黑色的 ➡	くろい	ku.ro.i

從頭來！再聽一次！

★ 單字學習區 20 秒

聽 ♪

字首相同
的
單字群組

だ＊＊＊

MP3 02

だめ　不行
だれ　誰啊

聽 ♪

中文
▼
慢速日文
▼
快速日文

♪
だ｜め
da｜me
★

だめ
駄目
【不行】

♪
だ｜れ
da｜re
★

だれ
誰
【誰啊】

★ 例句學習區 20 秒 ★ ★ ★ ★ ★ ★

聽 ♪

中文
▼
分段&慢速日文
▼
快速日文

★
現在 不行。

いま　　　　だ め
今　は　駄 目　です。
i ma　wa　da me　de su

聽 ♪

中文
▼
分段&慢速日文
▼
快速日文

★
是 誰啊？

だれ
誰　ですか。
da re　de su ka

015

★ 單字學習區 20秒

聽 ♪

う＊＊＊

字首相同 的 單字群組

MP3 03

うみ　大海
うそ　説謊

聽 ♪

中文
▼
慢速日文
▼
快速日文

★
う　み
u　mi

うみ
海
【大海】

★
う　そ
u　so

うそ
嘘
【説謊】

★
群組
002

★ 例句學習區 20秒 ★ ★ ★ ★ ★ ★ ★

聽 ♪

中文
▼
分段&慢速日文
▼
快速日文

★
是 大海。
うみ
海　です。
u mi　de su

聽 ♪

中文
▼
分段&慢速日文
▼
快速日文

★
你 說謊。
うそ
嘘　だよ。
u so　da yo

單字學習區 20秒

 Music Japanese

聽 ♪

か * * *

字首相同 的 單字群組

 MP3 04

かに　螃蟹
かち　獲勝；贏

1

★ 群組 003

聽 ♪

中文
▼
慢速日文
▼
快速日文

♪

か　に
ka　ni

★
か　ち
ka　chi

かに
蟹
【螃蟹】

か
勝ち
【獲勝；贏】

 例句學習區 20秒 ★ ★ ★ ★ ★ ★

聽
中文
▼
分段&慢速日文
▼
快速日文

★
我喜歡 螃蟹。

かに
蟹　が　好き　です。
ka ni　ga　su ki　de su

聽
中文
▼
分段&慢速日文
▼
快速日文

★
我 獲勝 了。

わたし　　　　か
私　の　勝ち　に　なった。
wa ta shi　no　ka chi　ni　na tta

單字學習區 20 秒

聽 🎵

*********ろい

 字尾相同 的 單字群組

MP3 05

しろい　白色的
くろい　黒色的

聽 🎵

中文
▼
慢速日文
▼
快速日文

★
し　ろ　い
shi　ro　i

しろ
白 い
【白色的】

★
く　ろ　い
ku　ro　i

くろ
黒 い
【黑色的】

 例句學習區 20 秒 ★ ★ ★ ★ ★ ★

聽

中文
▼
分段&慢速日文
▼
快速日文

★
白色的 貓。
しろ　　　　ねこ
白 い　　猫　　です。
shi ro　i　ne ko　de su

聽

中文
▼
分段&慢速日文
▼
快速日文

★
黑色的 鞋子。
くろ　　　　くつ
黒 い　　靴　　です。
ku ro　i　ku tsu　de su

MP3 06

★背景音樂：Living on the Road
★學習內容：單字群組 005～008
★學習次數：唸 2 次

預 備

♪1拍　♪2拍　♪3拍　♪4拍　　四拍前奏

Go！開始

群組 005	★ 動感節奏 ＋ 聽音樂學習 ★		
	♪♪♪	♪♪♪	羅馬拼音
	人 ➡	ひと	hi.to
	一個 ➡	ひとつ	hi.to.tsu

群組 006	★ 動感節奏 ＋ 聽音樂學習 ★		
	♪♪♪	♪♪♪	羅馬拼音
	太好了 ➡	さいこう	sa.i.ko.u
	差勁 ➡	さいてい	sa.i.te.i

群組 007	★ 動感節奏 ＋ 聽音樂學習 ★		
	♪♪♪	♪♪♪	羅馬拼音
	真的 ➡	ほんとう	ho.n.to.u
	便當 ➡	べんとう	be.n.to.u

群組 008	★ 動感節奏 ＋ 聽音樂學習 ★		
	♪♪♪	♪♪♪	羅馬拼音
	日式蓋飯 ➡	どんぶり	do.n.bu.ri
	好久 ➡	ひさしぶり	hi.sa.shi.bu.ri

從頭來！再聽一次！

★ 單字學習區 20 秒

聽 ♪

ひと＊＊＊

字首相同
的
單字群組

MP3 07

ひと　　人
ひとつ　一個

②
★
群
組
005

聽 ♪

中文
▼
慢速日文
▼
快速日文

♪
ひ　と
hi　to

★
ひ　と　つ
hi　to　tsu

ひと
人
【人】

ひと
一つ
【一個】

★ 例句學習區 20 秒 ★ ★ ★ ★ ★ ★

聽

★
中文
分段&慢速日文
▼
快速日文

那個 人。

　　　　ひと
その　　人。
so no　　hi to

聽

★
中文
分段&慢速日文
▼
快速日文

只有 一個。

ひと
一　つ　　だけ　　です。
hi to tsu　　da ke　　de su

★ 單字學習區 20 秒

聽 ♪

さい ＊＊＊

字首相同
的
單字群組

MP3 08

さいこう　太好了
さいてい　差勁

聽 ♪

中文
▼
慢速日文
▼
快速日文

さ｜い・こ・う
sa｜i　ko　u

さいこう
最　高
【太好了】

さ｜い・て・い
sa｜i　te　i

さいてい
最　低
【差勁】

★ 例句學習區 20 秒 ★ ★ ★ ★ ★ ★

聽

中文
▼
分段&慢速日文
▼
快速日文

★
這真是 太好了！

さ い こ う
最　高　だ ね。
sa i ko u　da ne

聽

中文
▼
分段&慢速日文
▼
快速日文

★
真是 差勁！

さ い て い
最　低　です。
sa i tei　de su

群組
007

☆ 單字學習區 20秒

聽♪

＊＊＊んとう

字尾相同
的
單字群組

MP3 09

ほんとう　眞的
べんとう　便當

聽♪

中文
▼
慢速日文
▼
快速日文

ほ ん・と・う
ho n to u

べ ん・と う
be n to u

ほんとう
本 当
【眞的】

べんとう
弁 当
【便當】

☆ 例句學習區 20秒 ★ ★ ★ ★ ★ ★

聽

中文
▼
分段&慢速日文
▼
快速日文

真的 嗎？

ほんとう
本 当 ですか。
ho n to u de su ka

聽

中文
▼
分段&慢速日文
▼
快速日文

你吃 便當 了嗎？

べんとう　　　　　　た
お 弁 当 を 食 べましたか。
o be n to u wo ta be ma shi ta ka

022

單字學習區 20 秒

＊＊＊ぶり

MP3 10

聽	
字尾相同 的 單字群組	どんぶり 日式蓋飯 ひさしぶり 好久

聽

中文
▼
慢速日文
▼
快速日文

ど・ん・ぶ・り
do　n　bu　ri

どんぶり
丼
【日式蓋飯】

ひ・さ・し・ぶ・り
hi　sa　shi　bu　ri

ひさ
久　しぶり
【好久】

例句學習區 20 秒 ★ ★ ★ ★ ★ ★ ★

聽

中文
▼
分段&慢速日文
▼
快速日文

★

日式蓋飯 很好吃。

　　　　　　　　　　　おい
どんぶり　　　　　　　美味しい　　です。
丼　　　　　は　　　　o i shi i　　de su
do n bu ri　wa

聽

中文
▼
分段&慢速日文
▼
快速日文

★

好久 不見。

　　ひさ
お　久　しぶり　　ですね。
o　hi sa　shi bu ri　de su ne

★動感節奏學習區★

暖身區

Music Japanese ③

MP3 11

★背景音樂：Living on the Road
★學習內容：單字群組 009～012
★學習次數：唸 2 次

預備

♪1拍　♪2拍　♪3拍　♪4拍　四拍前奏

Go！開始

群組 009	★ 動感節奏 ＋ 聽音樂學習 ★		
	♪♪	♪♪	羅馬拼音
	頭髮 ➡	かみ	ka.mi
	臉 ➡	かお	ka.o

群組 010	★ 動感節奏 ＋ 聽音樂學習 ★		
	♪♪	♪♪	羅馬拼音
	男朋友 ➡	かれし	ka.re.shi
	女朋友 ➡	かのじょ	ka.no.jo

群組 011	★ 動感節奏 ＋ 聽音樂學習 ★		
	♪♪	♪♪	羅馬拼音
	公司 ➡	かいしゃ	ka.i.sha
	買東西 ➡	かいもの	ka.i.mo.no

群組 012	★ 動感節奏 ＋ 聽音樂學習 ★		
	♪♪	♪♪	羅馬拼音
	學生 ➡	がくせい	ga.ku.se.i
	老師 ➡	せんせい	se.n.se.i

從頭來！再聽一次！

單字學習區 20 秒

3

聽♪

字首相同 的 單字群組

MP3 12

 か ＊ ＊ ＊

かみ　頭髮
かお　臉

聽♪

中文
▼
慢速日文
▼
快速日文

★
か み
ka mi

かみ
髮
【頭髮】

か お
ka o

かお
顔
【臉】

 例句學習區 20 秒 ★ ★ ★ ★ ★ ★

聽♪

中文
▼
分段&慢速日文
▼
快速日文

★
頭髮 很長。

かみ　　　　なが
髮　　が　　長　い　　です。
ka mi　　ga　　na ga　i　　de su

聽♪

中文
▼
分段&慢速日文
▼
快速日文

★
臉 很圓。

かお　　　　まる
顔　　が　　丸　い　　です。
ka o　　ga　　ma ru　i　　de su

025

單字學習區 20秒

聽

 か＊＊＊

字首相同 的 單字群組

MP3 13

かれし　　男朋友
かのじょ　女朋友

聽

中文
▼
慢速日文
▼
快速日文

★
か・れ・し
ka　re　shi

かれし
彼氏
【男朋友】

★
か・の・じょ
ka　no　jo

かのじょ
彼女
【女朋友】

例句學習區 20秒 ★★★★★★

聽

中文
▼
分段&慢速日文
▼
快速日文

★
我有 男朋友。

わたし　　　　　　　　かれ　し
私　は　彼氏　が　います。
wa ta shi　wa　ka re shi　ga　i ma su

聽

中文
▼
分段&慢速日文
▼
快速日文

★
我沒有 女朋友。

わたし　　　　　　　　かのじょ
私　は　彼女　が　いません。
wa ta shi　wa　ka no jo　ga　i ma se n

單字學習區 20 秒

聽 ♪

かい * * *

字首相同 的 單字群組

MP3 14

かいしゃ　公司
かいもの　買東西

③

★ 群組 011

聽 ♪

中文
▼
慢速日文
▼
快速日文

♪

か⌐い・しゃ
ka　i　sha

かいしゃ
会　社
【公司】

♪

か⌐い・も・の
ka　i　mo　no

か　もの
買い物
【買東西】

例句學習區 20 秒 ★ ★ ★ ★ ★ ★ ★

聽

中文
▼
分段&慢速日文
▼
快速日文

★

公司 在哪裡呢？

かいしゃ
会　社　は　　どこ　　ですか。
ka i sha ▼ wa ▼ do ko ▼ de su ka

聽

中文
▼
分段&慢速日文
▼
快速日文

★

一起去 買東西 吧！

いっしょ　　か　もの　　　い
一　緒　に　買い物　に　行きましょう。
i ssho ni ▼ ka i mo no ni ▼ i ki ma sho u

☆ 單字學習區 20秒

聽 ♪

＊＊＊せい

MP3 15

字尾相同的單字群組

がくせい 學生
せんせい 老師

③

★
群組
012

聽 ♪

中文
▼
慢速日文
▼
快速日文

♪
が｜く・せ・い
ga｜ku se i

がくせい
学生
【學生】

♪
★
せ｜ん・せ｜い
se｜n se｜i

せんせい
先生
【老師】

☆ 例句學習區 20秒 ★ ★ ★ ★ ★ ★

聽

中文
▼
分段&慢速日文
▼
快速日文

★
我是 學生。

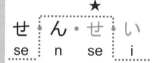

わたし　　　　　　がくせい
私　　は　　学　生　　です。
wa ta shi　　wa　　ga ku se i　　de su

聽

中文
▼
分段&慢速日文
▼
快速日文

★
老師 好。

せんせい
先　生　こんにちは。
sen sei　ko n ni chi wa

暖身區
☆動感節奏學習區☆

Music Japanese ④

MP3 16

★背景音樂：Living on the Road
★學習內容：單字群組 013～016
★學習次數：唸 2 次

（ 預 備 ）

♪1拍　♪2拍　♪3拍　♪4拍　　四拍前奏

（ Go！開始 ）

群組 013	★　動感節奏 + 聽音樂學習　★		
	♪♪♪	♪♪♪	羅馬拼音
	如果　➡	もし	mo.shi
	喂~　➡	もしもし	mo.shi.mo.shi

群組 014	★　動感節奏 + 聽音樂學習　★		
	♪♪♪	♪♪♪	羅馬拼音
	好吃的　➡	うまい	u.ma.i
	甜的　➡	あまい	a.ma.i

群組 015	★　動感節奏 + 聽音樂學習　★		
	♪♪♪	♪♪♪	羅馬拼音
	國家　➡	くに	ku.ni
	你是哪一國人　➡	おくには	o.ku.ni.wa

群組 016	★　動感節奏 + 聽音樂學習　★		
	♪♪♪	♪♪♪	羅馬拼音
	金錢　➡	おかね	o.ka.ne
	有錢人　➡	かねもち	ka.ne.mo.chi

（ 從頭來！再聽一次！ ）

★ 單字學習區 20秒

聽 ♪

もし ＊＊＊

字首相同
的
單字群組

MP3 17

もし　　　如果
もしもし　喂~

聽 ♪

④

★
群組
013

中文
▼
慢速日文
▼
快速日文

★
も し
mo shi

もし
【如果】

★
も し・も し
mo shi mo shi

もしもし
【喂~】

★ 例句學習區 20秒 ★ ★ ★ ★ ★ ★

聽 ♪

中文
▼
分段&慢速日文
▼
快速日文

★
如果 可以的話…

も し　　よ か っ た ら…
mo shi　　yo ka tta ra

聽 ♪

中文
▼
分段&慢速日文
▼
快速日文

★
喂～ 請問…

　　　　　　　　　しつれい
も し も し、　　失　礼 で す が…
mo shi mo shi　　shi tsu re i de su ga

★ 單字學習區 20 秒

聽 ♪

 ＊＊＊まい

字尾相同 的 單字群組

MP3 18

うまい　好吃的
あまい　甜的

聽 ♪♪

中文
▼
慢速日文
▼
快速日文

★
う　ま　い
u　ma　i

うま
旨い
【好吃的】

★
あ　ま　い
a　ma　i

あま
甘い
【甜的】

★ 例句學習區 20 秒 ★★★★★★

聽

中文
▼
分段&慢速日文
▼
快速日文

★
真 好吃。

うま
旨い　です。
u ma i　de su

聽

中文
▼
分段&慢速日文
▼
快速日文

★
很 甜 嗎？

あま
甘い　ですか。
a ma i　de su ka

單字學習區 20 秒

聽 ♪ ＊＊＊くに＊＊＊

中間相同 的 單字群組

MP3 19

くに　　　國家
おくには　你是哪一國人

④

★ 群組 015

聽 ♪

中文
▼
慢速日文
▼
快速日文

く・に
ku　ni

くに
国
【國家】

お・く・に・は
o　ku　ni　wa

くに
お 国 は
【你是哪一國人】

 例句學習區 20 秒 ★ ★ ★ ★ ★ ★

聽 ♪

中文
▼
分段&慢速日文
▼
快速日文

★
我們的 國家。
くに
わ が 国 。
wa ga ku ni

聽 ♪

中文
▼
分段&慢速日文
▼
快速日文

★
你是哪一國人？
くに
あなた の お 国 は どこ ですか。
a na ta　no　o ku ni　wa　do ko　de su ka

單字學習區 20 秒

聽 ♫

かね

中間相同 的 單字群組

 MP3 20

おかね　　金錢
かねもち　有錢人

聽 ♫

中文
▼
慢速日文
▼
快速日文

お　か・ね
o　ka　ne

かね
お 金
【金錢】

★
か・ね・も・ち
ka　ne　mo　chi

かねも
金 持ち
【有錢人】

 例句學習區 20 秒 ★ ★ ★ ★ ★ ★ ★

聽 ♫

中文
▼
分段&慢速日文
▼
快速日文

★
我沒有 錢。

　　かね
お 金　が　　ありません。
o ka ne　ga　　a ri ma se n

聽 ♫

中文
▼
分段&慢速日文
▼
快速日文

★
我想成為 有錢人。

かね も
金 持ち　に　なりたい　です。
ka ne mo chi　ni　na ri ta i　de su

MP3 21

★背景音樂：Living on the Road
★學習內容：單字群組 017～020
★學習次數：唸 2 次

預 備

🎵1拍　🎵2拍　🎵3拍　🎵4拍　　四拍前奏

Go！開始

群組 017	★ 動感節奏 + 聽音樂學習 ★		
	🎵🎵	🎵🎵	羅馬拼音
	哪裡 ➡	どこ	do.ko
	哪一個 ➡	どれ	do.re

群組 018	★ 動感節奏 + 聽音樂學習 ★		
	🎵🎵	🎵🎵	羅馬拼音
	壽司 ➡	すし	su.shi
	稍微 ➡	すこし	su.ko.shi

群組 019	★ 動感節奏 + 聽音樂學習 ★		
	🎵🎵	🎵🎵	羅馬拼音
	受歡迎 ➡	にんき	ni.n.ki
	眞的 ➡	ほんき	ho.n.ki

群組 020	★ 動感節奏 + 聽音樂學習 ★		
	🎵🎵	🎵🎵🎵	羅馬拼音
	午安 ➡	こんにちは	ko.n.ni.chi.wa
	晚安 ➡	こんばんは	ko.n.ba.n.wa

從頭來！再聽一次！

單字學習區 20 秒

聽 ♪

ど ＊ ＊ ＊

字首相同
的
單字群組

MP3 22

どこ　哪裡
どれ　哪一個

聽 ♪

中文
▼
慢速日文
▼
快速日文

★
ど　こ
do　ko

どこ _____

【哪裡】

★
ど　れ
do　re

どれ _____

【哪一個】

例句學習區 20 秒 ★ ★ ★ ★ ★ ★ ★

聽

中文
▼
分段&慢速日文
▼
快速日文

★

廁所在 哪裡？

てあら
お手洗い　は　どこ　ですか。
o te a ra i　wa　do ko　de su ka

聽

中文
▼
分段&慢速日文
▼
快速日文

★

哪一個 呢？

どれ　ですか。
do re　de su ka

Music Japanese

 單字學習區 20秒

聽

す＊＊＊し

首尾相同 的 單字群組

MP3 23

すし　壽司
すこし　稍微

聽

中文
▼
慢速日文
▼
快速日文

★
す　し
su　shi

すし
寿司
【壽司】

★
す　こ　し
su　ko　shi

すこ
少し
【稍微】

 **例句學習區** 20秒　★ ★ ★ ★ ★ ★

聽

中文
▼
分段&慢速日文
▼
快速日文

★

壽司　真好吃。

すし			おい	
寿司	は	美味しい		です。
su shi	wa	o i shi i		de su

聽

中文
▼
分段&慢速日文
▼
快速日文

★

請　稍微　等一下。

すこ		ま		くだ	
少し		お待ち		下さい。	
su ko shi		o ma chi		ku da sa i	

036

單字學習區 20 秒

聽 ♪

***んき

字尾相同 的 單字群組

MP3 24

にんき　受歡迎
ほんき　眞的

聽 ♪

中文
▼
慢速日文
▼
快速日文

に・ん・き
ni　n　ki

にんき
人　気
【受歡迎】

ほ・ん・き
ho　n　ki

ほんき
本　気
【眞的】

 例句學習區 20 秒 ★ ★ ★ ★ ★ ★ ★

聽 ♪
★
中文
▼
分段&慢速日文
▼
快速日文

哪一個是最 受歡迎 的呢？

　　　　　　いちばん　にんき
どれ　が　一　番　人気が　ありますか。
do re　ga　i chi ba n　ni n ki ga　a ri ma su ka

聽 ♪
★
中文
▼
分段&慢速日文
▼
快速日文

你是說 真的 嗎？

ほんき　　　　　　い
本　気　で　言って　いる　のか。
ho n ki　de　i tte　i ru　no ka

★ 單字學習區 20秒

聽 ♪

こん＊＊＊は

MP3 25

こんにちは　午安
こんばんは　晩安

聽 ♪

中文
▼
慢速日文
▼
快速日文

♪

こ・ん・に・ち・は
ko n ni chi wa

こんにちは
【午安】

♪

こ・ん・ば・ん・は
ko n ba n wa

こんばんは
【晩安】

★ 例句學習區 20秒 ★ ★ ★ ★ ★ ★

聽 ♪

中文
▼
分段&慢速日文
▼
快速日文

★

大家 午安。

みなさん、　こんにちは。
mi na sa n　　ko n ni chi wa

聽 ♪

中文
▼
分段&慢速日文
▼
快速日文

★

林先生／林小姐 晩安。

りん
林さん、　こんばんは。
ri n sa n　　ko n ba n wa

⑤
★
群組
020

★ 動感節奏學習區 ★
暖身區

Music Japanese ⑥

MP3 26

★背景音樂：Living on the Road
★學習內容：單字群組 021～024
★學習次數：唸 2 次

（預備）

♪1拍　♪2拍　♪3拍　♪4拍　　四拍前奏

（Go！開始）

群組 021	★ 動感節奏 + 聽音樂學習 ★		
	♪♪♪	♪♪♪	羅馬拼音
	（男生的）他 ➡	かれ	ka.re
	（女生的）她 ➡	かのじょ	ka.no.jo

群組 022	★ 動感節奏 + 聽音樂學習 ★		
	♪♪♪	♪♪♪	羅馬拼音
	臭的 ➡	くさい	ku.sa.i
	吵鬧的 ➡	うるさい	u.ru.sa.i

群組 023	★ 動感節奏 + 聽音樂學習 ★		
	♪♪♪	♪♪♪	羅馬拼音
	可惜的 ➡	おしい	o.shi.i
	好吃的 ➡	おいしい	o.i.shi.i

群組 024	★ 動感節奏 + 聽音樂學習 ★		
	♪♪♪	♪♪♪	羅馬拼音
	奇怪的 ➡	おかしい	o.ka.shi.i
	丟臉的 ➡	はずかしい	ha.zu.ka.shi.i

（從頭來！再聽一次！）

單字學習區 20 秒

聽 ♪ **か*****

MP3 27

字首相同
的
單字群組

かれ　　　男生的他
かのじょ　女生的她

聽 ♪

中文
▼
慢速日文
▼
快速日文

★
か　れ
ka　re

かれ
　彼
【男生的他】

★
か　の・じょ
ka　no　jo

かのじょ
　彼女
【女生的她】

 **例句學習區 20 秒** ★ ★ ★ ★ ★ ★ ★

聽 ♪

中文
▼
分段&慢速日文
▼
快速日文

★
他 很高。

かれ　　　　　　たか
彼　は　　高い　　です。
ka re　wa　ta ka i　de su

聽 ♪

中文
▼
分段&慢速日文
▼
快速日文

★
她 很漂亮。

か のじょ　　　　　きれい
彼女　は　　綺麗　です。
ka no jo　wa　ki re i　de su

★ 單字學習區 20 秒

 聽 ♪

***さい

MP3 28

くさい　臭的
うるさい　吵鬧的

 聽 ♪

中文
▼
慢速日文
▼
快速日文

 ♪

★
く　さ　い
ku　sa　i

くさ
臭 い
【臭的】

♪

★
う　る・さ　い
u　ru sa　i

うるさ
煩 い
【吵鬧的】

★ 例句學習區 20 秒 ★ ★ ★ ★ ★ ★

聽
中文
▼
分段&慢速日文
▼
快速日文

★
有一點 臭。

　　　　　くさ
ちょっと 臭 い です。
cho　tto　ku sa i 　de su

聽
中文
▼
分段&慢速日文
▼
快速日文

★
真是 吵 死人了。

うるさ
　煩 い ですね。
u ru sa i 　de su ne

041

★
群組
023

★ 單字學習區 20 秒

聽 ♪

お＊＊＊しい

首尾相同 的 單字群組

MP3 29

おしい　　可惜的
おいしい　好吃的

聽 ♪

中文
▼
慢速日文
▼
快速日文

★
お・し・い
o　shi　i

お
惜しい
【可惜的】

★
お・い・し・い
o　i　shi　i

おい
美味しい
【好吃的】

★ 例句學習區 20 秒 ★ ★ ★ ★ ★ ★

聽 ♪

中文
▼
分段&慢速日文
▼
快速日文

★
真是 可惜。

お
惜しい　です。
o shi i　　de su

聽 ♪

中文
▼
分段&慢速日文
▼
快速日文

★
真 好吃。

おい
美味しい　です。
o i shi i　　de su

單字學習區 20 秒

聽 ♪

＊＊＊かしい

字尾相同的單字群組

MP3 30

| おかしい | 奇怪的 |
| はずかしい | 丟臉的 |

聽 ♪

中文
▼
慢速日文
▼
快速日文

★
お か し い
o ka shi i

おか
可笑しい
【奇怪的】

★
は ず・か・し い
ha zu ka shi i

は
恥ずかしい
【丟臉的】

⑥

★群組
024

 例句學習區 20 秒 ★ ★ ★ ★ ★ ★

聽
★
中文
▼
分段&慢速日文
▼
快速日文

真是 奇怪。

おか
可笑しい です。
o ka shi i de su

聽
★
中文
▼
分段&慢速日文
▼
快速日文

唉呀，真是 丟臉。

は
あら、 恥ずかしい。
a ra ha zu ka shi i

★ 暖身區
★ 動感節奏學習區 ★

Music Japanese ⑦

MP3 31

★背景音樂：Living on the Road
★學習內容：單字群組 025～028
★學習次數：唸 2 次

預備

♪1拍　♪2拍　♪3拍　♪4拍　　四拍前奏

Go！開始

群組 025	★ 動感節奏 ＋ 聽音樂學習 ★		
	♪♪	♪♪	羅馬拼音
	多少錢 ➡	いくら	i.ku.ra
	幾個 ➡	いくつ	i.ku.tsu

群組 026	★ 動感節奏 ＋ 聽音樂學習 ★		
	♪♪	♪♪	羅馬拼音
	可以 ➡	いいです	i.i.de.su
	可以嗎 ➡	いいですか	i.i.de.su.ka

群組 027	★ 動感節奏 ＋ 聽音樂學習 ★		
	♪♪	♪♪	羅馬拼音
	對不起 ➡	すみません	su.mi.ma.se.n
	沒關係 ➡	かまいません	ka.ma.i.ma.se.n

群組 028	★ 動感節奏 ＋ 聽音樂學習 ★		
	♪♪	♪♪	羅馬拼音
	加油 ➡	がんばって	ga.n.ba.tte
	我會加油的 ➡	がんばります	ga.n.ba.ri.ma.su

從頭來！再聽一次！

單字學習區 20秒

 いく ＊ ＊ ＊

聽

字首相同
的
單字群組

MP3 32

いくら　多少錢
いくつ　幾個

聽

中文
▼
慢速日文
▼
快速日文

★
い｜く・ら
i　ku　ra

いくら
_____
【多少錢】

★
い｜く・つ
i　ku　tsu

いくつ
_____
【幾個】

⑦

★
群
組
025

✪ 例句學習區 20秒 ★ ★ ★ ★ ★ ★ ★

聽
中文
▼
分段&慢速日文
▼
快速日文

★
多少錢 ？

いくら　ですか。
i ku ra　de su ka

聽
中文
▼
分段&慢速日文
▼
快速日文

★
有 幾個 呢 ？

いくつ　ですか。
i ku tsu　de su ka

單字學習區 20 秒

聽 🎵

いいです ＊ ＊ ＊

字首相同 的 單字群組

MP3 33

| いいです | 可以 |
| いいですか | 可以嗎 |

聽 🎵

🎵

中文 ▼ 慢速日文 ▼ 快速日文

★
い・い・で・す
i　i　de　su

いいです
【可以】

★
い・い・で・す・か
i　i　de　su　ka

いいですか
【可以嗎】

 例句學習區 20 秒 ★ ★ ★ ★ ★ ★

聽 🎵

中文 ▼ 分段&慢速日文 ▼ 快速日文

★
什麼都 可以。

なんでも　いい　です。
na n de mo　i i　de su

聽 🎵

中文 ▼ 分段&慢速日文 ▼ 快速日文

★
這樣做 可以嗎？

これ　で　いい　ですか。
ko re　de　i i　de su ka

單字學習區 20秒

聽

＊＊＊ません

字尾相同 的 單字群組

MP3 34

すみません 對不起
かまいません 沒關係

聽

中文
▼
慢速日文
▼
快速日文

★
す・み・ま・せ・ん
su　mi　ma　se　n

す
済みません
【對不起】

★
か・ま・い・ま・せ・ん
ka　ma　i　ma　se　n

かま
構いません
【沒關係】

 例句學習區 20秒 ★ ★ ★ ★ ★ ★

聽

中文
▼
分段&慢速日文
▼
快速日文

★
對不起，我遲到了。

おく　　　　　　す
遅れて　済みません。
o ku re te　su mi ma se n

聽

中文
▼
分段&慢速日文
▼
快速日文

★
哪一個都 沒關係。（哪一個都可以。）

　　　　　　　　かま
どちらでも　構いません。
do chi ra de mo　ka ma i ma se n

047

★ 單字學習區 20秒

聽 ♪

がんば＊＊＊

字首相同 的 單字群組

MP3 35

がんばって　　加油
がんばります　我會加油的

聽 ♪

中文
▼
慢速日文
▼
快速日文

が　ん・ば　　っ・て
ga　n　ba　　tte
★

がんば
頑張って
【加油】

が　ん・ば・り・ま　す
ga　n　ba　ri　ma　su
★

がんば
頑張ります
【我會加油的】

★ 例句學習區 20秒 ★ ★ ★ ★ ★ ★

聽 ♪

中文
▼
分段&慢速日文
▼
快速日文

★
請努力 加油 喔。

がんば　　　　　　くだ
頑張って　下さいね。
ga n ba　tte　ku da sa i ne

聽 ♪

中文
▼
分段&慢速日文
▼
快速日文

★
我會 再 加油 的。

　　すこ　　　　がんば
もう　少し　頑張りましょう。
mo u　su ko shi　ga n ba ri ma sho u

048

暖身區

★動感節奏學習區★

Music Japanese ⑧

MP3 36

★ 背景音樂：Living on the Road
★ 學習內容：單字群組 029～032
★ 學習次數：唸 2 次

預備

♪1拍　♪2拍　♪3拍　♪4拍　四拍前奏

Go！開始

群組 029	★ 動感節奏 ＋ 聽音樂學習 ★		
	🎵🎵	🎵🎵	羅馬拼音
	疼痛 ➡	いたい	i.ta.i
	想去 ➡	いきたい	i.ki.ta.i

群組 030	★ 動感節奏 ＋ 聽音樂學習 ★		
	🎵🎵	🎵🎵	羅馬拼音
	救命啊 ➡	たすけて	ta.su.ke.te
	得救了 ➡	たすかった	ta.su.ka.tta

群組 031	★ 動感節奏 ＋ 聽音樂學習 ★		
	🎵🎵	🎵🎵	羅馬拼音
	重的 ➡	おもい	o.mo.i
	有趣的 ➡	おもしろい	o.mo.shi.ro.i

群組 032	★ 動感節奏 ＋ 聽音樂學習 ★		
	🎵🎵	🎵🎵	羅馬拼音
	高興 ➡	うれしい	u.re.shi.i
	羨慕 ➡	うらやましい	u.ra.ya.ma.shi.i

從頭來！再聽一次！

單字學習區 20 秒

聽 ♪

い＊＊＊たい

MP3 37

いたい　疼痛
いきたい　想去

首尾相同
的
單字群組

⑧
★
群組
029

聽 ♪

中文
▼
慢速日文
▼
快速日文

★
い　た　い
i　ta　i

いた
痛 い
【疼痛】

★
い・き・た・い
i　ki　ta　i

い
行きたい
【想去】

 例句學習區 20 秒　★ ★ ★ ★ ★ ★

聽 ♪

中文
▼
分段&慢速日文
▼
快速日文

★
會痛嗎？

いた
痛 い　　です か 。
i ta i　　de su ka

聽 ♪

中文
▼
分段&慢速日文
▼
快速日文

★
我也 想去。

わたし　　　　　い
私　　も　　行きたい　　です 。
wa ta shi　mo　i ki ta i　　de su

單字學習區 20秒

聽 🎵

 たす＊＊＊

字首相同 的 單字群組

MP3 38

たすけて　救命啊
たすかった　得救了

聽 🎵

中文
▼
慢速日文
▼
快速日文

★
た　す・け　て
ta　su　ke　te

たす
助 けて
【救命啊】

★
た　す・か・っ・た
ta　su　ka　　tta

たす
助 かった
【得救了】

8

★群組 030

 例句學習區 20秒 ★★★★★★

聽

中文
▼
分段&慢速日文
▼
快速日文

快來人啊！救命啊！

だれ　　　　たす
誰　か　助 けて！
da re　ka　ta su ke te

聽

中文
▼
分段&慢速日文
▼
快速日文

呼～ 得救了。

　　　　　たす
ふ う 。　助 かった。
fu u　　ta su ka　tta

單字學習區 20 秒

聽 ♪

おも＊＊＊い

MP3 39

首尾相同
的
單字群組

おもい	重的
おもしろい	有趣的

聽 ♪

中文
▼
慢速日文
▼
快速日文

★
お・も・い
o　mo　i

おも
重 い
【重的】

お・も・し・ろ・い
o　mo　shi　ro　i

おもしろ
面 白 い
【有趣的】

 **例句學習區** 20 秒 ★ ★ ★ ★ ★ ★

聽 ♪

中文
▼
分段&慢速日文
▼
快速日文

好 重 喔。

おも
とても　重 い　です。
to te mo　o mo　i　de su

聽 ♪

中文
▼
分段&慢速日文
▼
快速日文

有趣的。

おもしろ
面 白 い　です。
o mo shi ro i　de su

單字學習區 20秒

聽♪

う＊＊＊しい

MP3 40

うれしい　高興
うらやましい　羨慕

8

聽♪

中文
▼
慢速日文
▼
快速日文

★
う　れ・し・い
u　re　shi　i

うれ
嬉しい
【高興】

う　ら・や・ま・し・い
u　ra　ya　ma　shi　i
　　　　　　★

うらや
羨ましい
【羨慕】

★
群組
032

 例句學習區 20秒 ★ ★ ★ ★ ★ ★

聽♪

中文
▼
分段&慢速日文
▼
快速日文

★
真 高興 能見到你。

あ
お会いできて
o a i de ki te

ほんとう
本当に
hon to u ni

うれ
嬉しいです。
u re shi i de su

聽♪

中文
▼
分段&慢速日文
▼
快速日文

★
我覺得很 羨慕。

うらや
羨ましい
u ra ya ma shi i

と
to

おも
思います。
o mo i ma su

★背景音樂：Living on the Road
★學習內容：單字群組 033～036
★學習次數：唸 2 次

預 備

♪1拍　♪2拍　♪3拍　♪4拍　四拍前奏

Go！開始

群組 033	★ 動感節奏 + 聽音樂學習 ★		
			羅馬拼音
	爲什麼 ➡	なぜ	na.ze
	什麼 ➡	なに	na.ni

群組 034	★ 動感節奏 + 聽音樂學習 ★		
			羅馬拼音
	等一下 ➡	まって	ma.tte
	安靜 ➡	だまって	da.ma.tte

群組 035	★ 動感節奏 + 聽音樂學習 ★		
			羅馬拼音
	結束 ➡	おわり	o.wa.ri
	再來一碗 ➡	おかわり	o.ka.wa.ri

群組 036	★ 動感節奏 + 聽音樂學習 ★		
			羅馬拼音
	好累喔 ➡	つかれた	tsu.ka.re.ta
	我忘了 ➡	わすれた	wa.su.re.ta

從頭來！再聽一次！

單字學習區 20秒

聽 ♪

MP3 42

な ＊＊＊

なぜ　為什麼
なに　什麼

聽 ♪

中文
▼
慢速日文
▼
快速日文

★
な　ぜ
na　ze

なぜ
何故
【為什麼】

★
な　に
na　ni

なに
何
【什麼】

 例句學習區 20秒 ★ ★ ★ ★ ★ ★

聽

中文
▼
分段&慢速日文
▼
快速日文

★
為什麼 不去呢？

　　　　　　い
なぜ　　行きません か。
na ze　　i ki ma se n ka

聽 ♪

中文
▼
分段&慢速日文
▼
快速日文

★
那是 什麼？

それ　　は　　なに　　ですか。
so re　　wa　　na ni　　de su ka

★
群組
034

☆ 單字學習區 20秒

聽

＊＊＊まって

MP3 43

| まって | 等一下 |
| だまって | 安靜；沈默 |

聽

中文
▼
慢速日文
▼
快速日文

★
ま っ・て
ma　　tte

ま
待って
【等一下】

★
だ ま っ・て
da　ma　　tte

だま
黙 って
【安靜；沈默】

☆ 例句學習區 20秒 ★ ★ ★ ★ ★ ★ ★

聽

中文
▼
分段&慢速日文
▼
快速日文

★
請 等一下。

　　　　　　ま　　　　　くだ
ちょっと　待って　下さい。
cho　tto　ma　tte　ku da sa i

聽

中文
▼
分段&慢速日文
▼
快速日文

★
噓，請 安靜 點。

　　　　だま　　　　くだ
しっ、　黙 って　下さい。
shi　　da ma　tte　ku da sa i

單字學習區 20秒

聽 🎵

 お＊＊＊わり

MP3 44

首尾相同 的 單字群組

おわり　結束
おかわり　再來一碗

聽 🎵

中文
▼
慢速日文
▼
快速日文

お　わ・り
o　wa　ri

お
終わり
【結束】

★
お　か　わ・り
o　ka　wa　ri

おか
御代わり
【再來一碗】

 例句學習區 20秒 ★ ★ ★ ★ ★ ★

聽 🎵

★

中文
▼
分段&慢速日文
▼
快速日文

要 結束 了嗎？

お
終わりますか。
o wa ri ma su ka

聽 🎵

★

中文
▼
分段&慢速日文
▼
快速日文

別客氣，請 再來一碗。

おか　　　　　　　　くだ
どうぞ　御代わりして　下さい。
do u zo　o ka wa ri shi te　ku da sa i

057

單字學習區 20 秒

聽 🎵

 ＊＊＊れた

| 字尾相同 的 單字群組 | MP3 45 | つかれた　好累喔
わすれた　我忘了 |

聽 🎵

中文
▼
慢速日文
▼
快速日文

★
つ か れ・た
tsu ka re ta

| つか
疲 れた
【好累喔】 |

わ す・れ・た
wa su re ta

| わす
忘 れた
【我忘了】 |

例句學習區 20 秒 ★ ★ ★ ★ ★ ★

聽 🎵

中文
▼
分段&慢速日文
▼
快速日文

今天真的 好累喔。

きょう　　　　　ほんとう　　　　つか
今 日　は　本 当　に　疲 れた。
kyo u 　wa 　ho n to u 　ni 　tsu ka re ta

聽 🎵

中文
▼
分段&慢速日文
▼
快速日文

我忘了 鎖門！

　　　　　　かぎ　　　　　　　　わす
ド ア　の　鍵　を　かけ 忘 れた！
do a 　no 　ka gi 　wo 　ka ke wa su re ta

☆ 暖身區
☆ 動感節奏學習區☆

Music Japanese ⑩

MP3 46

★背景音樂：Living on the Road
★學習內容：單字群組 037～040
★學習次數：唸 2 次

預 備

♪1拍　♪2拍　♪3拍　♪4拍　四拍前奏

Go！開始

群組 037	★　動感節奏 + 聽音樂學習　★		
	🎵🎵	🎵🎵	羅馬拼音
	家庭 ➡	うち	u.chi
	一 ➡	いち	i.chi

群組 038	★　動感節奏 + 聽音樂學習　★		
	🎵🎵	🎵🎵	羅馬拼音
	太好了 ➡	よかった	yo.ka.tta
	我懂了 ➡	わかった	wa.ka.tta

群組 039	★　動感節奏 + 聽音樂學習　★		
	🎵🎵	🎵🎵	羅馬拼音
	振作點 ➡	しっかりして	shi.kka.ri.shi.te
	慢慢來 ➡	ゆっくりして	yu.kku.ri.shi.te

群組 040	★　動感節奏 + 聽音樂學習　★		
	🎵🎵	🎵🎵	羅馬拼音
	肚子餓 ➡	おなかすいた	o.na.ka.su.i.ta
	肚子痛 ➡	おなかいたい	o.na.ka.i.ta.i

從頭來！再聽一次！

Music Japanese

群組
037

☆ 單字學習區 20 秒

聽 ♪

＊＊＊ち

字尾相同 的 單字群組

MP3 47

うち　家；家庭
いち　一

聽 ♪

中文
▼
慢速日文
▼
快速日文

う ち
u chi

★
い ち
i chi

うち
家
【家；家庭】

いち
一
【一】

☆ 例句學習區 20 秒 ★ ★ ★ ★ ★ ★

聽

★

中文
▼
分段&慢速日文
▼
快速日文

回 家。

うち　　　かえ
家　へ　帰ります。
u chi　e　ka e ri ma su

聽

★

中文
▼
分段&慢速日文
▼
快速日文

第 一 名。（最好的。）

いちばん
一 番。
i chi ba n

單字學習區 20秒

聽 ♪

＊＊＊かった

字尾相同 的 單字群組		よかった　太好了 わかった　我懂了

MP3 48

聽 ♪

中文
▼
慢速日文
▼
快速日文

♪
★
よ・か・っ・た
yo　ka　　tta

よ
良かった
【太好了】

♪
★
わ・か・っ・た
wa　ka　　tta

わ
分かった
【我懂了】

例句學習區 20秒 ★ ★ ★ ★ ★ ★ ★

聽 ♪

中文
▼
分段&慢速日文
▼
快速日文

★
真是 太好了。

ほんとう　　　　　　よ
本当　に　良かった。
ho n to u　ni　yo ka　tta

聽 ♪

中文
▼
分段&慢速日文
▼
快速日文

★
噢，我懂了。

　　　　　わ
あっ、　分かった。
a　　　　wa ka　tta

聽 🎵

＊＊＊っ＊＊＊りして

MP3 49

部分相同
的
單字群組

しっかりして 振作點
ゆっくりして 慢慢來

聽 🎵

中文
▼
慢速日文
▼
快速日文

⭐
し っ・か り・し・て
shi　kka　ri　shi　te

しっかりして
【 振作點 】

★
ゆ っ・く り・し・て
yu　kku　ri　shi　te

ゆっくりして
【 慢慢來 】

10

★
群組
039

聽 🎵

中文
▼
分段&慢速日文
▼
快速日文

 ★

請 振作點。

　　　　　　　く だ
しっかりして ┊ 下 さい。
shi　kka ri shi te ▼ ku da sa i

聽 🎵

中文
▼
分段&慢速日文
▼
快速日文

★

請 慢慢來。

　　　　　　　く だ
ゆっくりして ┊ 下 さい。
yu　kku ri shi te ▼ ku da sa i

單字學習區 20秒

聽 ♪

 おなか ✳✳✳

字首相同 的 單字群組

MP3 50

おなか **すいた** 肚子餓
おなか **いたい** 肚子痛

聽 ♪

中文
▼
慢速日文
▼
快速日文

お な・か・す・い・た
o　na　ka　su　i　ta

なか
お腹 すいた
【肚子餓】

★
お な・か・い・た・い
o　na　ka　i　ta　i

なかいた
お腹 痛い
【肚子痛】

⭐ **例句學習區 20秒** ★ ★ ★ ★ ★ ★

聽

中文
▼
分段&慢速日文
▼
快速日文

★
媽媽，我 肚子餓。

　　　　　　なか
ママ、　お腹　　すいた。
ma ma　　o na ka　　su i ta

聽

中文
▼
分段&慢速日文
▼
快速日文

★
我 肚子 好 痛 喔。

なか　　いた
お腹　　痛い　　です。
o na ka　i ta i　　de su

063

MP3 51

★背景音樂：Living on the Road
★學習內容：單字群組 041~044
★學習次數：唸 2 次

預 備

♪1拍　♪2拍　♪3拍　♪4拍　　四拍前奏

Go！開始

群組041	★ 動感節奏 ＋ 聽音樂學習 ★		
	♪♪♪	♪♪♪	羅馬拼音
	最喜歡 ➡	だいすき	da.i.su.ki
	最討厭 ➡	だいきらい	da.i.ki.ra.i

群組042	★ 動感節奏 ＋ 聽音樂學習 ★		
	♪♪♪	♪♪♪	羅馬拼音
	爲什麼 ➡	どうして	do.u.shi.te
	發生什麼事 ➡	どうしたの	do.u.shi.ta.no

群組043	★ 動感節奏 ＋ 聽音樂學習 ★		
	♪♪♪	♪♪♪	羅馬拼音
	待會兒 ➡	またあとで	ma.ta.a.to.de
	明天見 ➡	またあした	ma.ta.a.shi.ta

群組044	★ 動感節奏 ＋ 聽音樂學習 ★		
	♪♪♪	♪♪♪	羅馬拼音
	做看看吧 ➡	やってみよう	ya.tte.mi.yo.u
	去看看吧 ➡	いってみよう	i.tte.mi.yo.u

從頭來！再聽一次！

★ 單字學習區 20秒

聽 ♪

だい ＊＊＊

字首相同
的
單字群組

MP3 52

だいすき　　最喜歡
だいきらい　最討厭

聽 ♪

中文
▼
慢速日文
▼
快速日文

★
だ・い・す・き
da　i　su　ki

だいす
大好き
【最喜歡】

★
だ・い・き・ら・い
da　i　ki　ra　i

だいきら
大嫌い
【最討厭】

⑪

★
群組
041

★ 例句學習區 20秒 ★★★★★★★

聽

中文
▼
分段&慢速日文
▼
快速日文

★

我 最喜歡 花了。

はな　　　　　　　だいす
花　　が　　大好き　　です。
ha na　　ga　　dai su ki　　de su

聽

中文
▼
分段&慢速日文
▼
快速日文

★

我 最討厭 辣的東西。

から　　　　　　　　　　だいきら
辛い　もの　が　大嫌い　です。
ka ra i　mo no　ga　dai ki ra i　de su

★ 單字學習區 20 秒

聽 🎵

 的 單字群組

どうし ＊＊＊

MP3 53

どうして　爲什麼
どうしたの　發生什麼事

聽 🎵

中文
▼
慢速日文
▼
快速日文

★
ど・う・し・て
do u shi te

★
ど・う・し・た・の
do u shi ta no

どうして
【爲什麼】

どうしたの
【發生什麼事】

★ 例句學習區 20 秒

聽 🎵

中文
▼
分段&慢速日文
▼
快速日文

★
爲什麼？

どうして　ですか。
do u shi te　de su ka

聽 🎵

中文
▼
分段&慢速日文
▼
快速日文

★
究竟 發生什麼事 了？

いったい　どうしたの　ですか。
i tta i　do u shi ta no　de su ka

★ 單字學習區 20 秒

聽

またあ＊＊＊

字首相同
的
單字群組

MP3 54

またあとで　待會兒
またあした　明天見

聽

中文
▼
慢速日文
▼
快速日文

★
ま・た・あ・と・で
ma　ta　a　to　de

あと
また 後 で
【待會兒】

ま・た・あ・し・た
ma　ta　a　shi　ta

あした
また 明日
【明天見】

★ 例句學習區 20 秒 ★ ★ ★ ★ ★ ★

聽

中文
▼
分段&慢速日文
▼
快速日文

★
我 待會兒 再打電話過來。

あと　　　　でんわ
また 　 後 で 　 電 話 　 を 　 します。
ma ta 　 a to de 　 de n wa 　 wo 　 shi ma su

聽

中文
▼
分段&慢速日文
▼
快速日文

★
那麼，明天見。

あした
じゃあ、 　 また 　 明 日。
ja　a 　 ma ta 　 a shi ta

★ 單字學習區 20秒

聽♫

聽♫

＊＊＊ってみよう

字尾相同
的
單字群組

MP3 55

やってみよう 做看看吧
いってみよう 去看看吧

聽♫

中文
▼
慢速日文
▼
快速日文

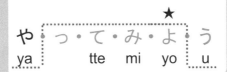

や｜っ・て・み・よ｜う
ya｜　tte mi yo｜u　★

やってみよう
【做看看吧】

い｜っ・て・み・よ｜う
i｜　tte mi yo｜u　★

い
行ってみよう
【去看看吧】

★ 例句學習區 20秒 ★ ★ ★ ★ ★ ★

聽♫
中文
▼
分段&慢速日文
▼
快速日文

★
自己 做看看吧！

じぶん
自分　で　やって　みよう。
ji bu n　de　ya tte　mi yo u

聽♫
中文
▼
分段&慢速日文
▼
快速日文

★
再 去 一次 看看吧！

　いちど　い
もう　一度　行って　みよう。
mo u　i chi do　i tte　mi yo u

★背景音樂：Living on the Road
★學習內容：單字群組 045~048
★學習次數：唸 2 次

預備

♪1拍　♪2拍　♪3拍　♪4拍　　四拍前奏

Go！開始

群組 045	★ 動感節奏 ＋ 聽音樂學習 ★		
	♪♪♪	♪♪♪	羅馬拼音
	下雨 ➡	あめ	a.me
	早上 ➡	あさ	a.sa

群組 046	★ 動感節奏 ＋ 聽音樂學習 ★		
	♪♪♪	♪♪♪	羅馬拼音
	壞的 ➡	わるい	wa.ru.i
	狡猾的 ➡	ずるい	zu.ru.i

群組 047	★ 動感節奏 ＋ 聽音樂學習 ★		
	♪♪♪	♪♪♪	羅馬拼音
	説話 ➡	いいます	i.i.ma.su
	購買 ➡	かいます	ka.i.ma.su

群組 048	★ 動感節奏 ＋ 聽音樂學習 ★		
	♪♪♪	♪♪♪	羅馬拼音
	相信我 ➡	しんじて	shi.n.ji.te
	無法相信 ➡	しんじられない	shi.n.ji.ra.re.na.i

從頭來！再聽一次！

單字學習區 20 秒

聽 　あ＊＊＊

字首相同
的
單字群組

MP3 57

あめ　下雨
あさ　早上

聽

中文
▼
慢速日文
▼
快速日文

★
あ　め
a　me

あめ
雨
【下雨】

★
あ　さ
a　sa

あさ
朝
【早上】

 例句學習區 20 秒　★ ★ ★ ★ ★ ★

聽

中文
▼
分段&慢速日文
▼
快速日文

★
有 下雨 嗎？

あめ
雨　　ですか。
a me　　de su ka

聽

中文
▼
分段&慢速日文
▼
快速日文

★
早上 幾點起床？

あさ　　なんじ　　お
朝、　何 時　起きますか。
a sa　　na n ji　　o ki ma su ka

 Music Japanese 12 ★群組 045

單字學習區 20 秒

聽 🎵

***るい

MP3 58

字尾相同 的 單字群組

わるい　壞的
ずるい　狡猾的

12

★群組

046

聽 🎵

中文
▼
慢速日文
▼
快速日文

わ　る　い
wa　ru　i

わる
悪い
【壞的】

ず　る　い
zu　ru　i

ずるい
【狡猾的】

 例句學習區 20 秒　★ ★ ★ ★ ★ ★

聽 🎵

中文
▼
分段&慢速日文
▼
快速日文

壞人。

わる　　　ひと
悪い　　人。
wa ru i　　hi to

聽 🎵

中文
▼
分段&慢速日文
▼
快速日文

你真是 狡猾。

あなた　は　ずるいね。
a na ta　wa　zu ru i ne

071

單字學習區 20 秒

聽 🎵 **＊＊＊います**

MP3 59

字尾相同 的 單字群組

いいます　説話
かいます　購買

聽 🎵

中文
▼
慢速日文
▼
快速日文

★
い ｜ い・ま ｜ す
i ｜ i ｜ ma ｜ su

い
言います
【説話】

★
か ｜ い・ま ｜ す
ka ｜ i ｜ ma ｜ su

か
買います
【購買】

 例句學習區 20 秒 ★ ★ ★ ★ ★ ★

聽 🎵
中文
▼
分段&慢速日文
▼
快速日文

★
請 說。

い　　　　　くだ
言って　下 さい。
i　　tte　ku da sa i

聽 🎵
中文
▼
分段&慢速日文
▼
快速日文

★
我要 買 這個。

わたし　　　　　　　　　　　か
　私　　は　これ　を　買 います。
wa ta shi　wa　ko re　wo　ka i ma su

聽 ♪

字首相同 的 單字群組

しんじ ＊＊＊

MP3 60

しんじて　　　相信我
しんじられない　無法相信

12

★
群組
048

聽 ♪

中文
▼
慢速日文
▼
快速日文

★
し・ん・じ・て
shi n ji te

しん
信じて
【相信我】

し・ん・じ・ら・れ・な・い
shi n ji ra re na i

しん
信じられない
【無法相信】

 例句學習區 20 秒 ★ ★ ★ ★ ★ ★ ★

聽 ♪
中文
▼
分段&慢速日文
▼
快速日文

★
請 相信我。

わたし　　　　　しん　　　　く だ
私　　を　　信 じ て　下 さ い。
wa ta shi　wo　shi n ji te　ku da sa i

聽 ♪
中文
▼
分段&慢速日文
▼
快速日文

★
我誰也 無法相信。

だ れ　　　　しん
誰　も　信 じ ら れ な い。
da re　mo　shi n ji ra re na i

★動感節奏學習區★

暖身區

Music Japanese ⑬

MP3 61

★背景音樂：Living on the Road
★學習內容：單字群組 049~052
★學習次數：唸 2 次

預備

♪1拍　♪2拍　♪3拍　♪4拍　四拍前奏

Go！開始

群組 049	★ 動感節奏 ＋ 聽音樂學習 ★		
	♪♪♪	♪♪♪	羅馬拼音
	果然 ➡	やっぱり	ya.ppa.ri
	失望 ➡	がっかり	ga.kka.ri

群組 050	★ 動感節奏 ＋ 聽音樂學習 ★		
	♪♪♪	♪♪♪	羅馬拼音
	壞掉 ➡	こわれた	ko.wa.re.ta
	累 ➡	つかれた	tsu.ka.re.ta

群組 051	★ 動感節奏 ＋ 聽音樂學習 ★		
	♪♪♪	♪♪♪	羅馬拼音
	我要出門了 ➡	いってきます	i.tte.ki.ma.su
	路上小心 ➡	いってらっしゃい	i.tte.ra.ssha.i

群組 052	★ 動感節奏 ＋ 聽音樂學習 ★		
	♪♪♪	♪♪♪	羅馬拼音
	別客氣 ➡	えんりょしないで	e.n.ryo.shi.na.i.de
	別擔心 ➡	しんぱいしないで	shi.n.pa.i.shi.na.i.de

從頭來！再聽一次！

單字學習區 20 秒

聽 ♪

 ＊ ＊ ＊ っ ＊ ＊ ＊ り

部分相同 的 單字群組

MP3 62

やっぱり　果然
がっかり　失望

聽 ♪

中文
▼
慢速日文
▼
快速日文

★
や っ・ぱ り
ya　　ppa　ri

★
が っ・か り
ga　　kka　ri

やっぱり
【果然】

がっかり
【失望】

13

★ 群組
049

 例句學習區 20 秒 ★ ★ ★ ★ ★ ★

聽

中文
▼
分段&慢速日文
▼
快速日文

★
果然 還是不行。

やっぱり、　　だ め だ 。
ya ppa ri　　　da me da

聽

中文
▼
分段&慢速日文
▼
快速日文

★
真叫人 失望。

が っ か り　　し ま し た 。
ga kka ri　　shi ma shi ta

075

單字學習區 20秒

聽 🎵

 ＊＊＊れた

字尾相同 的 單字群組

MP3 63

こわれた　壞掉
つかれた　累；疲勞

聽 🎵

中文
▼
慢速日文
▼
快速日文

🎵
★
こ　わ　れ・た
ko　wa　re　ta

こわ
壞 れた
【壞掉】

🎵
★
つ　か　れ・た
tsu　ka　re　ta

つか
疲 れた
【累；疲勞】

 例句學習區 20秒 ★ ★ ★ ★ ★ ★

聽 🎵

中文
▼
分段&慢速日文
▼
快速日文

★
電視 壞掉 了。

　　　　　　　　こわ
テ レ ビ ↓ が ↓ 壞 れ た 。
te re bi 　ga　 ko wa re ta

聽 🎵

中文
▼
分段&慢速日文
▼
快速日文

★
真的好 累 喔。

ほんとう　　　　つか
本 当 ↓ に ↓ 疲 れ た 。
ho n to u 　ni　 tsu ka re ta

單字學習區 20 秒

聽 ♪

いって ＊ ＊ ＊

MP3 64

いってきます　　我要出門了
いってらっしゃい 路上小心

聽 ♪♪

中文
▼
慢速日文
▼
快速日文

♪
い　っ・て・き・ま　す
i 　 tte 　ki 　ma 　su
★

い
行ってきます
【我要出門了】

♪
い　っ・て・ら・っ・しゃ・い
i 　 tte 　ra 　　ssha 　i
★

い
行ってらっしゃい
【路上小心】

 例句學習區 20 秒 ★ ★ ★ ★ ★ ★

聽
中文
▼
分段&慢速日文
▼
快速日文

★
那麼，我要出門了。

　　　　　　　い
それ で は、　行 っ て き ま す。
so re de wa 　　i　　 tte ki ma su

聽
中文
▼
分段&慢速日文
▼
快速日文

★
慢走，路上小心。

い　　　　　　　　　　　　き　　　　つ
行 っ て ら っ し ゃ い。　気　を　付 け て ね。
i　 tte ra 　ssha i 　　　　ki 　wo 　tsu ke te ne

★ 單字學習區 20 秒

聽 ♪

＊＊＊ん＊＊＊しないで

部分相同 的 單字群組

MP3 65

えんりょしないで 別客氣
しんぱいしないで 別擔心

⓭

★ 群組 052

聽 ♪

中文 ▼ 慢速日文 ▼ 快速日文

♪

え・ん・りょ・し・な・い・で ★
e n ryo shi na i de

えんりょ
遠　慮 しないで
【別客氣】

♪

し・ん・ぱ・い・し・な・い・で ★
shi n pa i shi na i de

しんぱい
心　配 しないで
【別擔心】

★ 例句學習區 20 秒 ★ ★ ★ ★ ★ ★ ★

聽 ♪

中文 ▼ 分段&慢速日文 ▼ 快速日文

★

請 別客氣。

えんりょ　　　　　　　　　　　　くだ
遠　慮　しないで　下 さい。
e n ryo　shi na i de　ku da sa i

聽 ♪

中文 ▼ 分段&慢速日文 ▼ 快速日文

★

請 別擔心。

しんぱい　　　　　　　　　　　くだ
心　配　しないで　下 さい。
shi n pa i　shi na i de　ku da sa i

★背景音樂：Living on the Road
★學習內容：單字群組 053~056
★學習次數：唸 2 次

預備

♪1拍　♪2拍　♪3拍　♪4拍　　四拍前奏

Go！開始

群組 053	★ 動感節奏 ＋ 聽音樂學習 ★		
	♪♪	♪♪	羅馬拼音
	恐怖的 ➡	こわい	ko.wa.i
	不擅長 ➡	よわい	yo.wa.i

群組 054	★ 動感節奏 ＋ 聽音樂學習 ★		
	♪♪	♪♪	羅馬拼音
	可愛 ➡	かわいい	ka.wa.i.i
	可憐 ➡	かわいそう	ka.wa.i.so.u

群組 055	★ 動感節奏 ＋ 聽音樂學習 ★		
	♪♪	♪♪	羅馬拼音
	丟臉 ➡	はずかしい	ha.zu.ka.shi.i
	困難 ➡	むずかしい	mu.zu.ka.shi.i

群組 056	★ 動感節奏 ＋ 聽音樂學習 ★		
	♪♪	♪♪	羅馬拼音
	請原諒 ➡	ゆるしてください	yu.ru.shi.te.ku.da.sa.i
	請說 ➡	はなしてください	ha.na.shi.te.ku.da.sa.i

從頭來！再聽一次！

單字學習區 20 秒

聽 ♪ ＊＊＊わい

MP3 67

こわい　恐怖的
よわい　不擅長

聽 ♪

中文
▼
慢速日文
▼
快速日文

★
こ　わ　い
ko　wa　i

こわ
怖 い
【恐怖的】

★
よ　わ　い
yo　wa　i

よわ
弱 い
【不擅長】

 例 句 學 習 區 20 秒 ★ ★ ★ ★ ★ ★

聽 ♪

中文
▼
分段&慢速日文
▼
快速日文

真的好 恐怖 喔。

　　　　　　こわ
とっても　怖 い　です。
to　tte mo　ko wa i　de su

聽 ♪

中文
▼
分段&慢速日文
▼
快速日文

我 不擅長 喝酒。

さけ　　　　　よわ
お 酒　には　弱　い　です。
o sa ke　ni wa　yo wa i　de su

單字學習區 20秒

聽 ♪

かわい ✳✳✳

字首相同 的 單字群組

MP3 68

かわい**い**　　可愛
かわい**そう**　可憐

聽 ♪

中文
▼
慢速日文
▼
快速日文

♪
　　　　★
か｜わ・い｜い
ka　wa　i　i

かわい
可愛 い
【可愛】

♪
　　　　　★
か｜わ・い・そ｜う
ka　wa　i　so　u

かわいそう
可哀 相
【可憐】

例句學習區 20秒 ★ ★ ★ ★ ★ ★ ★

聽 ♪

中文
▼
分段&慢速日文
▼
快速日文

★
好 可愛 的狗。

とても　　かわい
可愛い　犬　です。
to te mo　ka wa i i　i nu　de su

聽 ♪

中文
▼
分段&慢速日文
▼
快速日文

★
唉～真是 可憐。

まあ、　　かわい そう
可哀 相 に。
ma a　　ka wa i so u ni

★ 單字學習區 20 秒

聽 ♪

＊＊＊ずかしい

字尾相同
的
單字群組

MP3 69

| はずかしい | 丟臉 |
| むずかしい | 困難 |

聽 ♪

中文
▼
慢速日文
▼
快速日文

は | ず・か・し | い
ha | zu ka shi | i

★

は
恥ずかしい
【丟臉】

む | ず・か・し | い
mu | zu ka shi | i

★

むずか
　　難　しい
【困難】

★ 例句學習區 20 秒 ★ ★ ★ ★ ★ ★

聽 ♪

中文
▼
分段&慢速日文
▼
快速日文

★

真是 丟臉。

は
とても　恥ずかしい　です。
to te mo　ha zu ka shi i　de su

聽 ♪

中文
▼
分段&慢速日文
▼
快速日文

★

很 困難 嗎？

むずか
　　難　しい　ですか。
mu zu ka shi i　de su ka

單字學習區 **20秒**

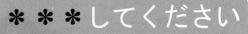

聽♫

MP3 70

字尾相同 的 單字群組

ゆるしてください 請原諒
はなしてください 請說

聽♫

中文
▼
慢速日文
▼
快速日文

★
ゆ る し・て・く・だ・さ・い
yu ru shi te ku da sa i

ゆる　　くだ
許 して 下 さい
【請原諒】

★
は な し・て・く・だ・さ・い
ha na shi te ku da sa i

はな　　くだ
話 して 下 さい
【請說】

⭐ 例句學習區 **20秒** ★★★★★★

聽
中文
▼
分段&慢速日文
▼
快速日文

★
請原諒 我。

わたし　　　　　ゆる　　　　くだ
私 を 許 して 下 さい。
wa ta shi wo yu ru shi te ku da sa i

聽
中文
▼
分段&慢速日文
▼
快速日文

★
請說。

　　　　　はな　　　くだ
どうぞ、 話 して 下 さい。
do u zo ha na shi te ku da sa i

Music Japanese

14

★
群組
056

083

★ 動感節奏學習區 ★

暖身區

Music Japanese ⑮

MP3 71

★背景音樂：Living on the Road
★學習內容：單字群組 057~060
★學習次數：唸 2 次

預備

♪1拍　♪2拍　♪3拍　♪4拍　　四拍前奏

Go！開始

群組 057	★ 動感節奏 + 聽音樂學習 ★		
	♪♪	♪♪	羅馬拼音
	傻瓜 ➡	ばか	ba.ka
	大笨蛋 ➡	おおばか	o.o.ba.ka

群組 058	★ 動感節奏 + 聽音樂學習 ★		
	♪♪	♪♪	羅馬拼音
	再見 ➡	さよなら	sa.yo.na.ra
	務必 ➡	かならず	ka.na.ra.zu

群組 059	★ 動感節奏 + 聽音樂學習 ★		
	♪♪	♪♪	羅馬拼音
	想見 ➡	あいたい	a.i.ta.i
	不想見 ➡	あいたくない	a.i.ta.ku.na.i

群組 060	★ 動感節奏 + 聽音樂學習 ★		
	♪♪	♪♪	羅馬拼音
	我愛你 ➡	あいしてる	a.i.shi.te.ru
	我不愛你 ➡	あいしません	a.i.shi.ma.se.n

從頭來！再聽一次！

 ＊＊＊ばか

聽 ♪

字尾相同
的
單字群組

MP3 72

| ばか | 傻瓜；笨蛋 |
| おおばか | 大笨蛋 |

15

★
群
組

057

聽 ♪

中文
▼
慢速日文
▼
快速日文

★
ばか
ba　ka

ばか
馬鹿
【傻瓜；笨蛋】

★
お・お・ば・か
o　o　ba　ka

ばか
おお馬鹿
【大笨蛋】

 例句學習區 **20** 秒 ★ ★ ★ ★ ★ ★

聽

中文
▼
分段&慢速日文
▼
快速日文

★
別說 傻 話。

ばか
馬鹿　な　こと　を　言うな。
ba ka　na　ko to　wo　i u na

聽

中文
▼
分段&慢速日文
▼
快速日文

★
他是個 大笨蛋。

かれ　　　　　　　ばか
彼　は　おお馬鹿　です。
ka re　wa　o o ba ka　de su

★ 單字學習區 20秒

聽

＊＊＊なら＊＊＊

MP3 73

さよなら　　再見
かならず　務必

聽

中文
▼
慢速日文
▼
快速日文

さ｜よ・な・ら　★
sa｜yo　na　ra

さよなら
─────
【再見】

か｜な・ら・ず
ka｜na　ra　zu

かなら
必　　ず
【務必】

★ 例句學習區 20秒 ★ ★ ★ ★ ★ ★

聽

中文
▼
分段&慢速日文
▼
快速日文

老師 再見。

せんせい
先 生、　　さ よ な ら。
se n se i　　　sa yo na ra

聽

中文
▼
分段&慢速日文
▼
快速日文

請你 務必 要看。

かなら　　　　　　よ　　　　く だ
必　ず　お 読 み　下 さ い。
ka na ra zu　　o yo mi　　ku da sa i

單字學習區 20 秒

聽 ♪

あいた ＊＊＊い

首尾相同 的 單字群組

MP3 74

| あいたい | 想見 |
| あいたくない | 不想見 |

聽 ♪

中文
▼
慢速日文
▼
快速日文

♪
★
あ い・た い
a i ta i

あ
会いたい
【想見】

♪
★
あ い・た く・な い
a i ta ku na i

あ
会いたくない
【不想見】

★ 群組 059

 例句學習區 20 秒 ★ ★ ★ ★ ★ ★

聽

中文
▼
分段&慢速日文
▼
快速日文

★
我 想見 你。

あなた　に　　あ
あなた ▼ に ▼ 会いたい。
a na ta　　ni　　a i ta i

聽

中文
▼
分段&慢速日文
▼
快速日文

★
我再也 不想見 到你。

に ど　　　　　あ
二度 ▼ と ▼ 会いたくない。
ni do　　to　　a i ta ku na i

★ 單字學習區 20 秒

聽 ♫

あいし＊＊＊

字首相同 的 單字群組

MP3 75

あいしてる　　我愛你
あいしません　我不愛你

聽 ♫

中文
▼
慢速日文
▼
快速日文

★
あ　い・し・て・る
a　　i　shi　te　ru

あい
愛 してる
【我愛你】

あ　い・し・ま・せ　ん
a　　i　shi　ma　se　n
　　　　　　　　　　★

あい
愛 しません
【我不愛你】

★ 例句學習區 20 秒 ★ ★ ★ ★ ★ ★

聽 ♫

★

中文
▼
分段&慢速日文
▼
快速日文

我愛你。

　　　　　　　　　　あい
あなた　　を　　愛して　　います。
a na ta　wo　ai shi te　i ma su

聽 ♫

★

中文
▼
分段&慢速日文
▼
快速日文

我不愛你。

わたし　　　　　　　　　　　　　　あい
私　　は　　あなた　　を　　愛しません。
wa ta shi　wa　a na ta　wo　ai shi ma se n

15

★群組 060

暖身區
★動感節奏學習區★

Music Japanese ⑯

MP3 76

★背景音樂：Living on the Road
★學習內容：單字群組 061~064
★學習次數：唸 2 次

預備

♪1拍　♪2拍　♪3拍　♪4拍　四拍前奏

Go！開始

群組 061	★ 動感節奏 ＋ 聽音樂學習 ★		
	♪♪	♪♪	羅馬拼音
	腳 ➡	あし	a.shi
	明天 ➡	あした	a.shi.ta

群組 062	★ 動感節奏 ＋ 聽音樂學習 ★		
	♪♪	♪♪	羅馬拼音
	頭 ➡	あたま	a.ta.ma
	頭腦好 ➡	あたまいい	a.ta.ma.i.i

群組 063	★ 動感節奏 ＋ 聽音樂學習 ★		
	♪♪	♪♪	羅馬拼音
	來 ➡	きます	ki.ma.su
	去 ➡	いきます	i.ki.ma.su

群組 064	★ 動感節奏 ＋ 聽音樂學習 ★		
	♪♪	♪♪	羅馬拼音
	是嗎 ➡	そうですか	so.u.de.su.ka
	是的 ➡	そうです	so.u.de.su

從頭來！再聽一次！

  單字學習區 20 秒

聽 ♪

字首相同 的 單字群組

 あし＊＊＊

MP3 77

あし　　腳
あした　明天

聽 ♪

16
★ 群組
061

中文
▼
慢速日文
▼
快速日文

♪
あ　し
a　shi
★

あし
足
【腳】

♪
あ　し・た
a　shi　ta
★

あした
明日
【明天】

 例句學習區 20 秒 ★ ★ ★ ★ ★ ★ ★

聽 ♪
中文
▼
分段&慢速日文
▼
快速日文

腳 好粗喔。

あし
足　　が　　ふ と い　　で す。
a shi　ga　fu to i　de su

聽 ♪
中文
▼
分段&慢速日文
▼
快速日文

明天 有營業嗎？

あした　　　　　　あ
明 日　は　開 いて　いますか。
a shi ta　wa　a i te　i ma su ka

單字學習區 20 秒

聽 ♪

あたま * * * *

 字首相同 的 單字群組

MP3 78

| あたま | 頭；頭腦 |
| あたまいい | 頭腦好 |

聽 ♪

中文
▼
慢速日文
▼
快速日文

♪
あ　た・ま
a　ta　ma
★

あたま
頭
【頭；頭腦】

♪
あ・た・ま・い　い
a　ta　ma　i　i
★

あたま
頭　いい
【頭腦好】

16

★
群
組
062

 例句學習區 20 秒 ★ ★ ★ ★ ★ ★

聽

中文
▼
分段&慢速日文
▼
快速日文

★
頭 好痛。

あたま　　　　いた
　頭　　が　　痛い　　です。
a ta ma　　ga　　i ta i　　de su

聽

中文
▼
分段&慢速日文
▼
快速日文

★
頭腦 真 好！

あたま
　頭　いいな〜
a ta ma i　i na

091

單字學習區 20秒

聽 🎵 ＊＊＊きます

字尾相同
字尾相同
的
單字群組

MP3 79

きます　來
いきます　去

16
★
群組
063

聽 🎵

中文
▼
慢速日文
▼
快速日文

🎵
★
き・ま・す
ki ma su

🎵
★
い・き・ま・す
i ki ma su

き
来ます
【來】

い
行きます
【去】

 例句學習區 20秒 ★ ★ ★ ★ ★ ★

聽 🎵
中文
▼
分段＆慢速日文
▼
快速日文

★
公車 來 了。

バス ▼ が ▼ き
来 ました。
ba su ga ki ma shi ta

聽 🎵
中文
▼
分段＆慢速日文
▼
快速日文

★
你要 去 哪裡呢？

どこ ▼ へ ▼ い
行きますか。
do ko e i ki ma su ka

單字學習區 20秒

聽🎵

そうです ＊＊＊

| 字首相同 的 單字群組 | MP3 80 | そうですか　是嗎
そうです　　是的 |

聽🎵

中文
▼
慢速日文
▼
快速日文

★
そ う・で・す・か
so u de su ka

そうですか
【是嗎】

★
そ う・で・す
so u de su

そうです
【是的】

 例句學習區 20秒 ★ ★ ★ ★ ★ ★ ★

聽
中文
▼
分段&慢速日文
▼
快速日文

★
咦！是嗎？

へ ぇ ー　そ う で す か 。
he e　　so u de su ka

聽
中文
▼
分段&慢速日文
▼
快速日文

★
嗯，是的。

は い 、　そ う で す 。
ha i　　so u de su

093

★背景音樂：Living on the Road
★學習內容：單字群組 065~068
★學習次數：唸 2 次

預 備

♪1拍　♪2拍　♪3拍　♪4拍　四拍前奏

Go！開始

群組 065	★ 動感節奏 ＋ 聽音樂學習 ★		
			羅馬拼音
	家庭 ➡	うち	u.chi
	嘴巴 ➡	くち	ku.chi

群組 066	★ 動感節奏 ＋ 聽音樂學習 ★		
			羅馬拼音
	請 ➡	どうぞ	do.u.zo
	非常 ➡	どうも	do.u.mo

群組 067	★ 動感節奏 ＋ 聽音樂學習 ★		
			羅馬拼音
	長久的 ➡	ながい	na.ga.i
	短的 ➡	みじかい	mi.ji.ka.i

群組 068	★ 動感節奏 ＋ 聽音樂學習 ★		
			羅馬拼音
	很少 ➡	すくない	su.ku.na.i
	無聊 ➡	つまらない	tsu.ma.ra.na.i

從頭來！再聽一次！

單字學習區 20 秒

 聽 🎵

字尾相同 的 單字群組

＊＊＊ち

MP3 82

うち　家；家庭
くち　嘴巴

聽 🎵

中文
▼
慢速日文
▼
快速日文

🎵
う　ち
u　chi

うち
家
【家；家庭】

🎵
く　ち
ku　chi

くち
口
【嘴巴】

 例句學習區 20 秒 ★ ★ ★ ★ ★ ★

聽
中文
▼
分段&慢速日文
▼
快速日文

★

請到我 家 來。

うち
家　に　いらっしゃい。
u chi　ni　i ra　ssha i

聽
中文
▼
分段&慢速日文
▼
快速日文

★

嘴巴 真毒。

くち　　わる
口　が　悪い　です。
ku chi　ga　wa ru i　de su

★ 單字學習區 20 秒

聽 ♪

字首相同
的
單字群組

MP3 83

どうぞ 請
どうも 非常；實在是

17
★
群組
066

聽 ♪

中文
▼
慢速日文
▼
快速日文

★
ど・う・ぞ
do u zo

どうぞ
【請】

★
ど・う・も
do u mo

どうも
【非常；實在是】

★ 例句學習區 20 秒 ★ ★ ★ ★ ★ ★

聽 ♪
中文
▼
分段&慢速日文
▼
快速日文

★
請 喝茶。

ちゃ
お 茶 を どうぞ。
o cha wo do u zo

聽 ♪
中文
▼
分段&慢速日文
▼
快速日文

★
非常 感謝。

どうも ありがとう。
do u mo a ri ga to u

單字學習區 20秒

聽 🎵

字尾相同 的 單字群組

＊＊＊い

 MP3 84

ながい　長久的；長的
みじかい　短的

聽 🎵

中文
▼
慢速日文
▼
快速日文

🎵
　　　★
な　が　い
na　ga　i

🎵
　　　★
み　じ・か　い
mi　ji　ka　i

なが
長い
【長久的；長的】

みじか
短い
【短的】

17

★
群
組
067

 例句學習區 20秒 ★ ★ ★ ★ ★ ★ ★

聽
中文
▼
分段&慢速日文
▼
快速日文

★
好久不見。

なが　あいだ　　　　あ
長い　間、　お会いしません　でした。
naga i aida　　o a i shima se n　　de shi ta

聽
中文
▼
分段&慢速日文
▼
快速日文

★
頭髮短。

かみ　　　　みじか
髪　が　短い　です。
ka mi　ga　mi ji ka i　de su

097

★ 單字學習區 20秒

聽 ♫

＊＊＊ない

字尾相同 的 單字群組

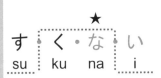
MP3 85

すくない　很少
つまらない　無聊

聽 ♫

中文
▼
慢速日文
▼
快速日文

★
す　く・な　い
su　ku　na　i

すく
少　ない
【很少】

★
つ　ま・ら・な　い
tsu　ma　ra　na　i

つまらない
＿＿＿＿＿
【無聊】

★ 例句學習區 20秒 ★ ★ ★ ★ ★ ★

聽 ♫

中文
▼
分段&慢速日文
▼
快速日文

★
很少 耶。

すく
　少　ない　　です。
su ku na i　　de su

聽 ♫

中文
▼
分段&慢速日文
▼
快速日文

★
真是 無聊。

つ　ま　ら　な　い　　です。
tsu ma ra na i　　de su

暖身區
★動感節奏學習區★

Music Japanese ⑱

MP3 86

★背景音樂：Living on the Road
★學習內容：單字群組 069~072
★學習次數：唸 2 次

預備

♪1拍　♪2拍　♪3拍　♪4拍　四拍前奏

Go！開始

群組069	★ 動感節奏 + 聽音樂學習 ★		
	♪♪	♪♪♪	羅馬拼音
	睡覺　➡	ねます	ne.ma.su
	起床　➡	おきます	o.ki.ma.su

群組070	★ 動感節奏 + 聽音樂學習 ★		
	♪♪	♪♪♪	羅馬拼音
	名字　➡	なまえ	na.ma.e
	你的名字是 ➡	おなまえは	o.na.ma.e.wa

群組071	★ 動感節奏 + 聽音樂學習 ★		
	♪♪	♪♪♪	羅馬拼音
	再一次　➡	もういちど	mo.u.i.chi.do
	再稍微　➡	もうすこし	mo.u.su.ko.shi

群組072	★ 動感節奏 + 聽音樂學習 ★		
	♪♪	♪♪♪	羅馬拼音
	你好嗎　➡	おげんきですか	o.ge.n.ki.de.su.ka
	我很好　➡	げんきです	ge.n.ki.de.su

從頭來！再聽一次！

★ 單字學習區 20 秒

聽♪

＊＊＊ます

字尾相同
的
單字群組

MP3 87

ねます　睡覺
おきます　起床

聽♪♪

中文
▼
慢速日文
▼
快速日文

　　★
ね　ま　す
ne　ma　su

ね
寝ます
【睡覺】

　　　★
お　き・ま　す
o　ki　ma　su

お
起きます
【起床】

★ 例句學習區 20 秒 ★ ★ ★ ★ ★ ★

聽♪

★

中文
▼
分段&慢速日文
▼
快速日文

我想 睡覺 了。

ね
寝たい　です。
ne ta i　de su

聽♪

★

中文
▼
分段&慢速日文
▼
快速日文

今天很早 起床。

きょう　　　はや　　　　お
今日　　早く　　起きました。
kyou　　ha ya ku　　o ki ma shi ta

100

★ 單字學習區 20 秒

聽♪

＊＊＊なまえ＊＊＊

中間相同
的
單字群組

MP3 88

なまえ　　名字
おなまえは　你的名字是

聽♪

中文
▼
慢速日文
▼
快速日文

な：ま・え
na：ma　e

なまえ
名 前
【名字】

お：な・ま・え・は
o：na　ma　e　wa

なまえ
お名 前 は
【你的名字是】

★ 例句學習區 20 秒 ★ ★ ★ ★ ★ ★ ★

聽

中文
▼
分段&慢速日文
▼
快速日文

★
好 名字。

　　　　なまえ
いい　名 前 。
i i 　 na ma e

聽

中文
▼
分段&慢速日文
▼
快速日文

★
請問 你的名字是？

　　　　　　　なまえ　　　　なん
あなた　の　お名 前 は　何　ですか。
a na ta 　 no 　 o na ma e 　 wa 　 na n 　 de su ka

101

單字學習區 **20秒**

聽♪ 　**もう＊＊＊**

字首相同
的
單字群組

MP3 89

もういちど　再一次
もうすこし　再稍微

聽♪

中文
▼
慢速日文
▼
快速日文

も〔う・い・ち・ど〕
mo　u　i　chi　do

| いちど |
| もう一度 |
| 【再一次】 |

も〔う・す・こ〕し
mo　u　su　ko　shi

| すこ |
| もう少し |
| 【再稍微】 |

 例句學習區 **20秒** ★★★★★★

聽♪

中文
▼
分段＆慢速日文
▼
快速日文

請再說一次。

　　　いちど　　　　い　　　　くだ
もう　一度　　言って　下さい。
mo u　i chi do　　i　tte　ku da sa i

聽♪

中文
▼
分段＆慢速日文
▼
快速日文

不再稍微多待一會兒嗎？

　　すこ
もう　少し　いられないん　ですか。
mo u　su ko shi　i ra re na i n　de su ka

102

單字學習區 20秒

 聽

＊＊＊げんきです＊＊＊

中間相同 的 單字群組

MP3 90

おげんきですか　你好嗎
げんきです　　我很好

★群組 072

聽

中文
▼
慢速日文
▼
快速日文

★
お　げ　ん・き・で・す　か
o　ge　n　ki　de　su　ka

げんき
お元気ですか
【你好嗎】

★
げ　ん・き・で・す
ge　n　ki　de　su

げんき
元気です
【我很好】

例句學習區 20秒 ★ ★ ★ ★ ★ ★

聽

中文
▼
分段&慢速日文
▼
快速日文

★
陳先生／陳小姐　你好嗎？

ちん　　　　　　　　　げんき
陳　さん　、お元気　ですか。
chin　sa n　o gen ki　de su ka

聽

中文
▼
分段&慢速日文
▼
快速日文

★
我很好。你呢？

げんき
元気　です。　あなた　は？
ge n ki　de su　a na ta　wa

103

★ 暖身區
★ 動感節奏學習區★

Music Japanese ⑲

MP3 91

★背景音樂：Living on the Road
★學習內容：單字群組 073~076
★學習次數：唸 2 次

（ 預 備 ）

♪1拍　♪2拍　♪3拍　♪4拍　　四拍前奏

（ Go！開始 ）

群組 073	★ 動感節奏 ＋ 聽音樂學習 ★		
	♫	♫♫	羅馬拼音
	再度 ➡	また	ma.ta
	還沒 ➡	まだ	ma.da

群組 074	★ 動感節奏 ＋ 聽音樂學習 ★		
	♫♫	♫♫	羅馬拼音
	幾號 ➡	なんにち	na.n.ni.chi
	幾個人 ➡	なんにん	na.n.ni.n

群組 075	★ 動感節奏 ＋ 聽音樂學習 ★		
	♫♫	♫♫	羅馬拼音
	幾點 ➡	なんじ	na.n.ji
	什麼 ➡	なんですか	na.n.de.su.ka

群組 076	★ 動感節奏 ＋ 聽音樂學習 ★		
	♫♫	♫♫	羅馬拼音
	電話 ➡	でんわ	de.n.wa
	電話號碼 ➡	でんわばんごう	de.n.wa.ba.n.go.u

（ 從頭來！再聽一次！ ）

單字學習區 20 秒

聽 🎵

ま＊＊＊

 字首相同
的
單字群組

MP3 92

また　再度
まだ　還沒

聽 🎵

中文
▼
慢速日文
▼
快速日文

ま　た
ma　ta

また
又
【再度】

ま　だ
ma　da

まだ

【還沒】

19

★
群組
073

 例句學習區 20 秒 ★ ★ ★ ★ ★ ★ ★

聽
中文
▼
分段&慢速日文
▼
快速日文

請 再度 光臨。

また　　来て　下さい。
ma ta　ki te　ku da sa i

聽
中文
▼
分段&慢速日文
▼
快速日文

還沒 吃飯嗎？

ご飯　は　まだ　ですか。
go ha n　wa　ma da　de su ka

105

19

★
群組
074

聽 ♪

なんに ＊＊＊

MP3 93

なんにち 幾號；哪一天
なんにん 幾個人

字首相同
的
單字群組

聽 ♪

中文
▼
慢速日文
▼
快速日文

★
な・ん・に・ち
na　n　ni　chi

なんにち
何　日
【 幾號；哪一天 】

★
な・ん・に・ん
na　n　ni　n

なんにん
何　人
【 幾個人 】

★ 例句學習區 20 秒　★ ★ ★ ★ ★ ★

聽 ♪

中文
▼
分段&慢速日文
▼
快速日文

★
今天 幾號？

きょう　　　　　なんにち
今 日　は　　何　日　です か。
kyo u　　wa　　na n ni chi　de su ka

聽 ♪

中文
▼
分段&慢速日文
▼
快速日文

★
有 幾個人？

なんにん
何　人　です か。
na n ni n　de su ka

106

單字學習區 20 秒

聽♪

なん＊＊＊

字首相同
的
單字群組

MP3 94

なんじ　　　幾點
なんですか　什麼

聽♪

中文
▼
慢速日文
▼
快速日文

★
な｜ん・じ
na　n　ji

なんじ
何　時
【幾點】

★
な｜ん・で・す｜か
na　n　de　su　ka

なん
何　ですか
【什麼】

 例句學習區 20 秒 ★ ★ ★ ★ ★ ★ ★

聽♪

中文
▼
分段&慢速日文
▼
快速日文

★
現在 幾點？

いま　　　なんじ
今、　　　何　時　　　ですか。
i ma　　　na n ji　　　de su ka

聽♪

中文
▼
分段&慢速日文
▼
快速日文

★
這是 什麼？

　　　　　　　　　　なん
これ　　は　　何　　ですか。
ko re　　wa　　na n　　de su ka

單字學習區 20 秒

聽 ♪

でんわ ＊＊＊

| 字首相同 的 單字群組 |  MP3 95 | でんわ　　　　電話 でんわばんごう　電話號碼 |

聽 ♪

中文
▼
慢速日文
▼
快速日文

♪
で・ん・わ
de　n　wa

| でんわ 電話 【電話】 |

♪
　　　　　★
で・ん・わ・ば・ん・ご・う
de　n　wa　ba　n　go　u

| でんわばんごう 電話番号 【電話號碼】 |

★ 例句學習區 20 秒 ★ ★ ★ ★ ★ ★

聽
中文
▼
分段&慢速日文
▼
快速日文

★
陳先生／陳小姐，您的 電話。

ちん　　　　　　　　でんわ
陳　さん、　お電話 です。
chi n　sa n　　o de n wa　de su

聽
中文
▼
分段&慢速日文
▼
快速日文

★
請告訴我你的 電話號碼。

でんわばんごう　　　　おし　　　くだ
電話番号 を 教えて 下さい。
de n wa ba n go u　wo　o shi e te　ku da sa i

★背景音樂：Living on the Road
★學習內容：單字群組 077~080
★學習次數：唸 2 次

預備

♪1拍　♪2拍　♪3拍　♪4拍　四拍前奏

Go！開始

群組 077	★ 動感節奏 ＋ 聽音樂學習 ★		
	♪♪	♪♪	羅馬拼音
	漂亮的 ➡	きれい	ki.re.i
	骯髒的 ➡	きたない	ki.ta.na.i

群組 078	★ 動感節奏 ＋ 聽音樂學習 ★		
	♪♪	♪♪	羅馬拼音
	蔬菜 ➡	やさい	ya.sa.i
	溫柔的 ➡	やさしい	ya.sa.shi.i

群組 079	★ 動感節奏 ＋ 聽音樂學習 ★		
	♪♪	♪♪	羅馬拼音
	寂寞的 ➡	さびしい	sa.bi.shi.i
	嚴格的 ➡	きびしい	ki.bi.shi.i

群組 080	★ 動感節奏 ＋ 聽音樂學習 ★		
	♪♪	♪♪	羅馬拼音
	艱困的 ➡	くるしい	ku.ru.shi.i
	忙碌的 ➡	いそがしい	i.so.ga.shi.i

從頭來！再聽一次！

★ 單字學習區 20 秒

聽♪

き＊＊＊い

MP3 97

きれい 漂亮的
きたない 骯髒的

聽♪

中文
▼
慢速日文
▼
快速日文

★
き れ・い
ki re i

きれい
綺 麗
【漂亮的】

★
き た・な い
ki ta na i

きたな
汚 い
【骯髒的】

⑳
★
群組
077

★ 例句學習區 20 秒 ★ ★ ★ ★ ★ ★

聽♪

中文
▼
分段&慢速日文
▼
快速日文

★
漂亮的 和服。

きれい　　　　　きもの
綺 麗　　な　　着 物　　です。
ki re i　　na　　ki mo no　　de su

聽♪

中文
▼
分段&慢速日文
▼
快速日文

★
骯髒的 房間。

きたな　　　へや
汚 い　　部 屋　　です。
ki ta na i　　he ya　　de su

單字學習區 20 秒

聽 ♪

 やさ＊＊＊い

MP3 98

やさい　　蔬菜
やさしい　　溫柔的

聽 ♪

中文
▼
慢速日文
▼
快速日文

♪
や・さ・い
ya　sa　i

★
や・さ・し・い
ya　sa　shi　i

やさい
野菜
【蔬菜】

やさ
優しい
【溫柔的】

20

★
群組
078

 例句學習區 20 秒 ★ ★ ★ ★ ★ ★

聽
中文
▼
分段&慢速日文
▼
快速日文

★
生菜 沙拉。

やさい
野菜　サラダ。
ya sa i　sa ra da

聽
中文
▼
分段&慢速日文
▼
快速日文

★
媽媽很 溫柔。

はは　　　　やさ
母　は　優しい　です。
ha ha　wa　ya sa shi i　de su

單字學習區 20秒

聽♪

＊＊＊びしい

字尾相同
的
單字群組

MP3 99

さびしい 寂寞的
きびしい 嚴格的

聽♪

中文
▼
慢速日文
▼
快速日文

★
さ び・し い
sa bi shi i

さび
寂 しい
【寂寞的】

★
き び・し い
ki bi shi i

きび
厳 しい
【嚴格的】

例句學習區 20秒 ★ ★ ★ ★ ★ ★

聽♪

中文
▼
分段&慢速日文
▼
快速日文

你不在，我覺得好 寂寞。

きみ
君 が いなくなると、
ki mi ga i na ku na ru to

さび
寂 しくなる。
sa bi shi ku na ru

聽♪

中文
▼
分段&慢速日文
▼
快速日文

嚴格的 老師。

きび
厳 しい
ki bi shi i

せんせい
先 生
se n se i

です。
de su

112

單字學習區 20 秒

聽 🎵

***しい

MP3 100

字尾相同 的 單字群組

くるしい 艱困的；辛苦
いそがしい 忙碌的

聽 🎵

中文
▼
慢速日文
▼
快速日文

★
く・る・し・い
ku ru shi i

くる
苦 しい
【艱困的；辛苦】

★
い・そ・が・し・い
i so ga shi i

いそが
忙 しい
【忙碌的】

例句學習區 20 秒 ★ ★ ★ ★ ★ ★

聽

中文
▼
分段&慢速日文
▼
快速日文

★
生活 艱困。

せいかつ　　　　くる
生 活 が 苦 しい。
se i ka tsu　ga　ku ru shi i

聽

中文
▼
分段&慢速日文
▼
快速日文

★
今天很 忙 嗎？

きょう　　　　　いそが
今日 は 忙 しい ですか。
kyo u　wa　i so ga shi i　de su ka

113

★動感節奏學習區★

Music Japanese ㉑

★背景音樂：Living on the Road
★學習內容：單字群組 081~084
★學習次數：唸 2 次

預備

♪1拍　♪2拍　♪3拍　♪4拍　四拍前奏

Go！開始

群組 081	★　動感節奏 ＋ 聽音樂學習　★		
			羅馬拼音
	什麼時候 ➡	いつ	i.tsu
	最好的 ➡	いち	i.chi

群組 082	★　動感節奏 ＋ 聽音樂學習　★		
			羅馬拼音
	水 ➡	みず	mi.zu
	道路 ➡	みち	mi.chi

群組 083	★　動感節奏 ＋ 聽音樂學習　★		
			羅馬拼音
	非常的 ➡	すごい	su.go.i
	了不起 ➡	えらい	e.ra.i

群組 084	★　動感節奏 ＋ 聽音樂學習　★		
			羅馬拼音
	黃色 ➡	きいろ	ki.i.ro
	棕色 ➡	ちゃいろ	cha.i.ro

從頭來！再聽一次！

單字學習區 20 秒

聽

字首相同
的
單字群組

MP3 102

いつ 什麼時候
いち 最好的；一

聽

中文
▼
慢速日文
▼
快速日文

★
い つ
i　tsu

いつ
【什麼時候】

★
い ち
i　chi

いち
一
【最好的；一】

 例句學習區 20 秒 ★ ★ ★ ★ ★ ★ ★

聽

中文
▼
分段&慢速日文
▼
快速日文

你 什麼時候 有空？

あ
いつ 空いて いますか。
i tsu　a i te　i ma su ka

聽

中文
▼
分段&慢速日文
▼
快速日文

這是 最好的。

いちばん
これ が 一 番 です。
ko re　ga　i chi ba n　de su

Music Japanese

21

★群組
081

115

☆ 單字學習區 20秒

聽 ♪

み ＊＊＊

| 字首相同 的 單字群組 |  MP3 103 | みず　水 みち　道路 |

聽 ♪

| 中文 ▼ 慢速日文 ▼ 快速日文 | ♪ み ｜ ず mi ｜ zu | みず 水 【水】 |
| | ♪ み ｜ ち mi ｜ chi | みち 道 【道路】 |

☆ 例句學習區 20秒 ★ ★ ★ ★ ★ ★

聽 ♪

| 中文 ▼ 分段&慢速日文 ▼ 快速日文 | 我想喝 水。 みず　　　　　の 水 を 飲 み た い です。 mi zu ▼ wo ▼ no mi ta i ▼ de su |

聽 ♪

| 中文 ▼ 分段&慢速日文 ▼ 快速日文 | 我迷 路 了。 みち　　　　まよ 道 に 迷 い ま し た。 mi chi ▼ ni ▼ ma yo i ma shi ta |

21
★ 群組 082

單字學習區 20 秒

聽 ♪

 ＊＊＊い

字尾相同 的 單字群組

 MP3 104

すごい 非常的；厲害的
えらい 了不起

聽 ♪

中文
▼
慢速日文
▼
快速日文

★
す　ご　い
su　go　i

すご
凄い
【非常的；厲害的】

★
え　ら　い
e　ra　i

えら
偉い
【了不起】

 例句學習區 20 秒 ★ ★ ★ ★ ★ ★ ★

聽

中文
▼
分段&慢速日文
▼
快速日文

非常吝嗇。

すご
凄 い　　けち　　だ 。
su go i　　ke chi　　da

聽

中文
▼
分段&慢速日文
▼
快速日文

了不起，做得好！

えら
偉 い、　　よくやった！
e ra i　　yo ku ya tta

117

單字學習區 20 秒

聽 🎵

 ＊＊＊いろ

字尾相同
的
單字群組

MP3 105

きいろ　黃色
ちゃいろ　棕色

聽 🎵

中文
▼
慢速日文
▼
快速日文

き・い・ろ
ki　i　ro

きいろ
黃色
【黃色】

ちゃ・い・ろ
cha　i　ro

ちゃいろ
茶色
【棕色】

 例句學習區 20 秒　★ ★ ★ ★ ★ ★

聽 🎵

中文
▼
分段&慢速日文
▼
快速日文

★

我喜歡 黃色。

きいろ　　　　　　す
黃色　が　好き　です。
ki i ro　ga　su ki　de su

聽 🎵

中文
▼
分段&慢速日文
▼
快速日文

★

棕色 的咖啡。

ちゃいろ
茶色　の　コーヒー。
cha i ro　no　ko o hi i

MP3 106

★背景音樂：Living on the Road
★學習內容：單字群組 085~088
★學習次數：唸 2 次

預備

♪1拍　♪2拍　♪3拍　♪4拍　　四拍前奏

Go！開始

群組 085	★ 動感節奏 ＋ 聽音樂學習 ★		
	♫♫	♫♫	羅馬拼音
	男的 ➡	おとこ	o.to.ko
	女的 ➡	おんな	o.n.na

群組 086	★ 動感節奏 ＋ 聽音樂學習 ★		
	♫♫	♫♫	羅馬拼音
	熱的 ➡	あつい	a.tsu.i
	冷的 ➡	さむい	sa.mu.i

群組 087	★ 動感節奏 ＋ 聽音樂學習 ★		
	♫♫	♫♫	羅馬拼音
	紅的 ➡	あかい	a.ka.i
	藍的 ➡	あおい	a.o.i

群組 088	★ 動感節奏 ＋ 聽音樂學習 ★		
	♫♫	♫♫	羅馬拼音
	鞋子 ➡	くつ	ku.tsu
	襪子 ➡	くつした	ku.tsu.shi.ta

從頭來！再聽一次！

★ 單字學習區 20 秒

聽 ♪

字首相同
的
單字群組

お＊＊＊

MP3 107

おとこ　男的
おんな　女的

聽 ♪

中文
▼
慢速日文
▼
快速日文

お・と・こ ★
o　to　ko

お・ん・な ★
o　n　na

おとこ
男
【男的】

おんな
女
【女的】

★ 例句學習區 20 秒 ★ ★ ★ ★ ★ ★

聽 ♪

中文
▼
分段&慢速日文
▼
快速日文

是 男 生 嗎？

おとこ　　　　こ
男　　の　　子　　ですか。
o to ko　no　ko　de su ka

聽 ♪

中文
▼
分段&慢速日文
▼
快速日文

不是 女 生。

おんな　　　　こ
女　　の　　子　　では　　ありません。
o n na　no　ko　de wa　a ri ma se n

單字學習區 20秒

★群組 086

聽 🎵

＊＊＊い

字尾相同 的 單字群組

MP3 108

あつい　熱的
さむい　冷的

聽 🎵

中文
▼
慢速日文
▼
快速日文

★
あ　つ　い
a　tsu　i

あつ
暑い
【熱的】

★
さ　む　い
sa　mu　i

さむ
寒い
【冷的】

例句學習區 20秒 ★★★★★★★

聽

中文
▼
分段＆慢速日文
▼
快速日文

★
今天好 熱。

きょう　　　　　　　あつ
今日　は　　暑い　です。
kyo u　wa　a tsu i　de su

聽

中文
▼
分段＆慢速日文
▼
快速日文

★
昨天好 冷。

きのう　　　　　　さむ
昨日　は　寒 かった　です。
ki no u　wa　sa mu ka tta　de su

★ 單字學習區 20 秒

聽 ♫

あ＊＊＊い

首尾相同 的 單字群組

MP3 109

あかい　紅的
あおい　藍的

聽 ♫

中文
▼
慢速日文
▼
快速日文

あ　か・い
a　ka　i

★
あ　お　い
a　o　i

あか
赤 い
【紅的】

あお
青 い
【藍的】

★ 例句學習區 20 秒 ★★★★★★

聽 ♫

中文
▼
分段＆慢速日文
▼
快速日文

★

我要 紅色的。

あか　　　　　　　　　　　　く だ
赤 い　　の　　を　　下 さい。
a ka i　　no　　wo　　ku da sa i

聽 ♫

中文
▼
分段＆慢速日文
▼
快速日文

★

藍 天。

あお　　　　　　そら
青 い　　　空。
a o i　　　so ra

單字學習區 20 秒

 くつ ＊＊＊

聽 ♪

字首相同
的
單字群組

MP3 110

くつ　　鞋子
くつした　襪子

聽 ♪

中文
▼
慢速日文
▼
快速日文

♪
　★
く┊つ
ku┊tsu

くつ
靴
【鞋子】

♪
　　　　★
く┊つ・し・た
ku┊tsu shi ta

くつした
靴 下
【襪子】

 例句學習區 20 秒 ★ ★ ★ ★ ★ ★

聽 ♪

中文
▼
分段&慢速日文
▼
快速日文

　　★
好漂亮的 鞋子 喔。

すてき　　　　　くつ
素 敵　　な　　靴　　です。
su te ki　na　ku tsu　de su

聽 ♪

中文
▼
分段&慢速日文
▼
快速日文

　　★
我想買 襪子。

くつした　　　　　　か
靴 下　　を　　買 いたい　です。
ku tsu shi ta　wo　ka i ta i　de su

123

Music Japanese

22

★
群
組
088

★動感節奏學習區★

暖身區

MP3 111

★背景音樂：Living on the Road
★學習內容：單字群組 089~092
★學習次數：唸 2 次

預備

🎵1拍　🎵2拍　🎵3拍　🎵4拍　　四拍前奏

Go！開始

群組 089	★ 動感節奏 + 聽音樂學習 ★		
	🎵🎵	🎵🎵	羅馬拼音
	哥哥 ➡	あに	a.ni
	姐姐 ➡	あね	a.ne

群組 090	★ 動感節奏 + 聽音樂學習 ★		
	🎵🎵	🎵🎵	羅馬拼音
	妹妹 ➡	いもうと	i.mo.u.to
	弟弟 ➡	おとうと	o.to.u.to

群組 091	★ 動感節奏 + 聽音樂學習 ★		
	🎵🎵	🎵🎵	羅馬拼音
	胖的 ➡	ふとい	fu.to.i
	瘦的 ➡	ほそい	ho.so.i

群組 092	★ 動感節奏 + 聽音樂學習 ★		
	🎵🎵	🎵🎵	羅馬拼音
	安靜 ➡	しずか	shi.zu.ka
	熱鬧 ➡	にぎやか	ni.gi.ya.ka

從頭來！再聽一次！

單字學習區 20 秒

聽 🎵

 あ＊＊＊

字首相同 的 單字群組

MP3 112

あに　哥哥
あね　姐姐

23

★ 群組 089

聽 🎵

中文 ▼ 慢速日文 ▼ 快速日文

★
あ　に
a　ni

あに
兄
【哥哥】

あ　ね
a　ne

あね
姉
【姐姐】

 例句學習區 20 秒 ★ ★ ★ ★ ★ ★ ★

聽 🎵

中文 ▼ 分段&慢速日文 ▼ 快速日文

★
我有一個 哥哥。

あに　　　　　ひとり
兄　　が　　一人　　います。
a ni　ga　hi to ri　i ma su

聽 🎵

中文 ▼ 分段&慢速日文 ▼ 快速日文

★
你有 姐姐 嗎？

あね
姉　　が　　います か。
a ne　ga　i ma su ka

125

★ 單字學習區 20 秒

聽♪ ***うと

字尾相同 的 單字群組

MP3 113

いもうと　妹妹
おとうと　弟弟

聽♪

中文
▼
慢速日文
▼
快速日文

い｜も・う・と　★
i｜mo　u　to

いもうと
妹
【妹妹】

お｜と・う・と　★
o｜to　u　to

おとうと
弟
【弟弟】

★ 例句學習區 20 秒　★ ★ ★ ★ ★ ★ ★

聽♪

中文
▼
分段&慢速日文
▼
快速日文

這是我 妹妹。

わたし　　　　いもうと
私　　の　　　妹　　です。
wa ta shi　no　i mo u to　de su

聽♪

中文
▼
分段&慢速日文
▼
快速日文

這是你 弟弟 嗎？

あなた　　　　おとうと
　　　の　　　弟　　ですか。
a na ta　no　o to u to　de su ka

單字學習區 20 秒

聽 ♪

＊＊＊い

MP3 114

字尾相同
的
單字群組

ふとい　胖的
ほそい　瘦的；苗條

聽 ♪

中文
▼
慢速日文
▼
快速日文

★
ふ　と　い
fu　to　i

ふと
太 い
【胖的】

★
ほ　そ　い
ho　so　i

ほそ
細 い
【瘦的；苗條】

 例句學習區 20 秒 ★ ★ ★ ★ ★ ★

聽
中文
▼
分段&慢速日文
▼
快速日文

★
胖 子。
ふと　い　　ひ と
太 い　　　人 。
fu to i　　hi to

聽
中文
▼
分段&慢速日文
▼
快速日文

★
瘦瘦 的身材。
ほ そ　い　　から だ
細 い　　　体 。
ho so i　　ka ra da

127

☆ 單字學習區 20 秒

聽♪

＊＊＊か

字尾相同
的
單字群組

MP3 115

しずか　安靜
にぎやか　熱鬧

聽♪

中文
▼
慢速日文
▼
快速日文

♪
★
し　ず・か
shi　zu　ka

しず
静 か
【安靜】

♪
★
に　ぎ　や・か
ni　gi　ya　ka

にぎ
賑 やか
【熱鬧】

☆ 例句學習區 20 秒 ★ ★ ★ ★ ★ ★

聽♪

中文
▼
分段＆慢速日文
▼
快速日文

★
請 安靜。

しず　　　　　　　　　　　　くだ
静 か　に　して　下 さい。
shi zu ka　ni　shi te　ku da sa i

聽♪

中文
▼
分段＆慢速日文
▼
快速日文

★
好 熱鬧。

にぎ
賑 やか　です。
ni gi ya ka　de su

128

★動感節奏學習區★

Music Japanese ㉔

MP3 116

★背景音樂：Living on the Road
★學習內容：單字群組 093~096
★學習次數：唸 2 次

預備

♪1拍　♪2拍　♪3拍　♪4拍　　四拍前奏

Go！開始

群組 093	★　動感節奏 ＋ 聽音樂學習　★		
	♪♪	♪♪	羅馬拼音
	是的 ➡	はい	ha.i
	不是 ➡	いいえ	i.i.e

群組 094	★　動感節奏 ＋ 聽音樂學習　★		
	♪♪	♪♪	羅馬拼音
	濃郁的 ➡	こい	ko.i
	淡薄的 ➡	うすい	u.su.i

群組 095	★　動感節奏 ＋ 聽音樂學習　★		
	♪♪	♪♪	羅馬拼音
	老的 ➡	ふるい	fu.ru.i
	新的 ➡	あたらしい	a.ta.ra.shi.i

群組 096	★　動感節奏 ＋ 聽音樂學習　★		
	♪♪	♪♪	羅馬拼音
	不知道 ➡	しりません	shi.ri.ma.se.n
	不懂 ➡	わかりません	wa.ka.ri.ma.se.n

從頭來！再聽一次！

單字學習區 20 秒

聽 ＊＊＊い＊＊＊

中間相同
的
單字群組

MP3 117

はい　　　是的
　いいえ　不是

聽

中文
▼
慢速日文
▼
快速日文

★
は　い
ha　i

い　い・え
i　i　e　★

はい
_____
【是的】

いいえ
_____
【不是】

★ 例句學習區 20 秒 ★ ★ ★ ★ ★ ★

聽

中文
▼
分段&慢速日文
▼
快速日文

★
是的，沒錯。

は い、　　　そ う で す。
ha i　　　　so u de su

聽

中文
▼
分段&慢速日文
▼
快速日文

★
不，你錯了。

　　　　　　ちが
い い え、　　違 い ま す。
i i e　　　chi ga i ma su

130

★ 單字學習區 20 秒

聽 ♪

＊＊＊い

字尾相同
的
單字群組

MP3 118

こい　濃郁的
うすい　淡薄的

聽 ♪

中文
▼
慢速日文
▼
快速日文

★
こ　い
ko　i

こ
濃い
【濃郁的】

★
う　す　い
u　su　i

うす
薄 い
【淡薄的】

★ 例句學習區 20 秒　★ ★ ★ ★ ★ ★

聽

中文
▼
分段&慢速日文
▼
快速日文

請給我 濃 咖啡。

こ
濃い　コ ー ヒ ー　を　くだ
　　　　　　　　　　　　下 さ い。
ko i　ko o hi i　wo　ku da sa i

聽

中文
▼
分段&慢速日文
▼
快速日文

請給我 淡 紅茶。

うす
薄い　こうちゃ　を　くだ
　　　紅 茶　　　下 さ い。
u su i　ko u cha　wo　ku da sa i

131

★ 單字學習區 20秒

聽 ♪

＊＊＊い

字尾相同
的
單字群組

MP3 119

ふるい　老的；舊的
あたらしい　新的

聽 ♪

中文
▼
慢速日文
▼
快速日文

★
ふ・る・い
fu　ru　i

ふる
古 い
【老的；舊的】

★
あ・た・ら・し・い
a　ta　ra　shi　i

あたら
新 しい
【新的】

★ 例句學習區 20秒 ★ ★ ★ ★ ★ ★

聽 ♪

★

中文
▼
分段&慢速日文
▼
快速日文

老 朋友。

ふる　　　とも だ ち
古 い　　友 達。
fu ru i　to mo da chi

聽 ♪

★

中文
▼
分段&慢速日文
▼
快速日文

新 衣服。

あ た ら　　　ふく
新 しい　　服。
a ta ra shi i　fu ku

24
★
群組
095

單字學習區 20 秒

聽♪

＊＊＊りません

字尾相同 的 單字群組

MP3 120

しりません　不知道
わかりません　不懂

聽♪

中文
▼
慢速日文
▼
快速日文

★
し り・ま・せ ん
shi ri ma se n

し
知りません
【不知道】

★
わ か・り・ま・せ ん
wa ka ri ma se n

わ
分かりません
【不懂】

24

★
群組
096

 例句學習區 20 秒 ★ ★ ★ ★ ★ ★ ★

聽

中文
▼
分段&慢速日文
▼
快速日文

★
你 不知道 嗎？
し
知りませんか。
shi ri ma se n ka

聽

中文
▼
分段&慢速日文
▼
快速日文

★
我也 不懂。
わたし　　　　　わ
　私　　も　　分かりません。
wa ta shi　mo　wa ka ri ma se n

★ 背景音樂：Living on the Road
★ 學習內容：單字群組 097~100
★ 學習次數：唸 2 次

預備

♫1拍　♫2拍　♫3拍　♫4拍　四拍前奏

Go！開始

群組 097	★ 動感節奏 ＋ 聽音樂學習 ★		
	🎵🎵	🎵🎵	羅馬拼音
	胡椒 ➡	こしょう	ko.sho.u
	醬油 ➡	しょうゆ	sho.u.yu

群組 098	★ 動感節奏 ＋ 聽音樂學習 ★		
	🎵🎵	🎵🎵	羅馬拼音
	可惜的 ➡	ざんねん	za.n.ne.n
	明年 ➡	らいねん	ra.i.ne.n

群組 099	★ 動感節奏 ＋ 聽音樂學習 ★		
	🎵🎵	🎵🎵	羅馬拼音
	很棒 ➡	すばらしい	su.ba.ra.shi.i
	稀奇 ➡	めずらしい	me.zu.ra.shi.i

群組 100	★ 動感節奏 ＋ 聽音樂學習 ★		
	🎵🎵	🎵🎵	羅馬拼音
	謝謝 ➡	ありがとう	a.ri.ga.to.u
	恭喜 ➡	おめでとう	o.me.de.to.u

從頭來！再聽一次！

單字學習區 20秒

聽

***＊しょう＊＊＊**

MP3 122

中間相同 的 單字群組

こしょう　胡椒
しょうゆ　醬油

聽

中文
▼
慢速日文
▼
快速日文

★
こ　しょ　う
ko　sho　u

こしょう
胡椒
【胡椒】

しょ　う・ゆ
sho　u　yu

しょうゆ
醬油
【醬油】

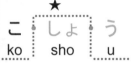 **例句學習區 20秒** ★ ★ ★ ★ ★ ★ ★

聽

中文
▼
分段&慢速日文
▼
快速日文

★
請給我 胡椒。

こしょう　　　　　　く だ
胡椒　　を　　下さい。
ko sho u　　wo　　ku da sa i

聽

中文
▼
分段&慢速日文
▼
快速日文

★
醬油 拉麵。

しょうゆ
醬油　ラーメン。
sho u yu　　ra a me n

135

25

★ 單字學習區 20 秒

聽 ♪

＊＊＊ねん

字尾相同
的
單字群組

MP3 123

ざんねん　可惜的
らいねん　明年

聽 ♪

中文
▼
慢速日文
▼
快速日文

♪
　　　　★
ざ・ん・ね・ん
za　n　ne　n

ざんねん
残　念
【可惜的】

♪
ら・い・ね・ん
ra　i　ne　n

らいねん
来　年
【明年】

★ 例句學習區 20 秒　★ ★ ★ ★ ★ ★

聽 ♪

中文
▼
分段＆慢速日文
▼
快速日文

真是 可惜。

ざんねん
残　念　です。
za n nen　de su

聽 ♪

中文
▼
分段＆慢速日文
▼
快速日文

明年 畢業嗎？

らいねん　そつぎょう
来　年　卒　業 しますか。
rai ne n　so tsu gyo u shi ma su ka

單字學習區 20 秒

聽

＊＊＊らしい

字尾相同
的
單字群組

MP3 124

すばらしい　很棒
めずらしい　稀奇；少見

聽 🎵

中文
▼
慢速日文
▼
快速日文

す｜ば・ら・し｜い　★
su｜ba｜ra｜shi｜i

すば
素晴らしい
【很棒】

め｜ず・ら・し｜い　★
me｜zu｜ra｜shi｜i

めずら
珍　しい
【稀奇；少見】

 例句學習區 20 秒 ★ ★ ★ ★ ★ ★

聽 🎵

中文
▼
分段&慢速日文
▼
快速日文

歌唱得 很棒！

うた　　　　　すば　　　　　　じょうず
歌　が　素晴らしく　　上　手　です。
u ta　ga　su ba ra shi ku　jo u zu　de su

聽 🎵

中文
▼
分段&慢速日文
▼
快速日文

這真是 少見 呢！

　　　　　　　めずら
これ　は　珍　しい　です。
ko re　wa　me zu ra shi i　de su

137

單字學習區 20 秒

聽 ♪

***とう

字尾相同 的 單字群組

MP3 125

ありがとう　謝謝
おめでとう　恭喜

聽 ♪

中文
▼
慢速日文
▼
快速日文

★
あ　り・が　と・う
a　ri　ga　to　u

ありがとう
【謝謝】

お　め・で・と・う
o　me　de　to　u

おめでとう
【恭喜】

 例句學習區 20 秒 ★ ★ ★ ★ ★ ★

聽 ♪

中文
▼
分段&慢速日文
▼
快速日文

★
謝謝！

ありがとう　ございます。
a ri ga to u　go za i ma su

聽 ♪

中文
▼
分段&慢速日文
▼
快速日文

★
恭喜 新年快樂！

あけまして　おめでとう。
a ke ma shi te　o me de to u

138

MP3 126

★背景音樂：Living on the Road
★學習內容：單字群組 101~104
★學習次數：唸 2 次

預備

♪1拍　♪2拍　♪3拍　♪4拍　　四拍前奏

Go！開始

群組 101	★　動感節奏 + 聽音樂學習　★		
	♫♫	♫♫	羅馬拼音
	大的　➡	おおきい	o.o.ki.i
	小的　➡	ちいさい	chi.i.sa.i

群組 102	★　動感節奏 + 聽音樂學習　★		
	♫♫	♫♫	羅馬拼音
	遠的　➡	とおい	to.o.i
	近的　➡	ちかい	chi.ka.i

群組 103	★　動感節奏 + 聽音樂學習　★		
	♫♫	♫♫	羅馬拼音
	早的　➡	はやい	ha.ya.i
	遲的　➡	おそい	o.so.i

群組 104	★　動感節奏 + 聽音樂學習　★		
	♫♫	♫♫	羅馬拼音
	高興的　➡	たのしい	ta.no.shi.i
	悲傷的　➡	かなしい	ka.na.shi.i

從頭來！再聽一次！

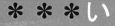 ★ 單字學習區 20 秒

聽 ♪

MP3 127

おおき**い** 大的
ちいさ**い** 小的

26

聽 ♪

中文
▼
慢速日文
▼
快速日文

♪
★
お お・き い
o　o　ki　i

おお
大 きい
【大的】

♪
★
ち い・さ い
chi　i　sa　i

ちい
小 さい
【小的】

★ 例句學習區 20 秒 ★ ★ ★ ★ ★ ★ ★

聽

中文
▼
分段&慢速日文
▼
快速日文

★
太 大 了。

おお
とても　　大 きい　　です。
to te mo　　o o ki i　　de su

聽

中文
▼
分段&慢速日文
▼
快速日文

★
太 小 了。

ちい
すごく　　小 さい　　です。
su go ku　　chi i sa i　　de su

單字學習區 20 秒

聽 🎵

＊＊＊い

MP3 128

字尾相同
的
單字群組

とおい　遠的
ちかい　近的

26

★
群組
102

聽 🎵

中文
▼
慢速日文
▼
快速日文

★
と　お　い
to　o　i

ち　か　い
chi　ka　i

とお
遠 い
【遠的】

ちか
近 い
【近的】

 例句學習區 20 秒　★ ★ ★ ★ ★ ★

聽 🎵

中文
▼
分段&慢速日文
▼
快速日文

★
真 遠。

とお
とても　遠 い　です。
to te mo　to o i　de su

聽 🎵

中文
▼
分段&慢速日文
▼
快速日文

★
近 嗎？

ちか
近 い　ですか。
chi ka i　de su ka

141

⭐ 單字學習區 20 秒

聽 🎵

＊＊＊い

字尾相同 的 單字群組

MP3 129

はやい	早的；快的
おそい	遲的；慢的

聽 🎵

中文
▼
慢速日文
▼
快速日文

★
は や い
ha ya i

はや
早 い
【早的；快的】

★
お そ い
o so i

おそ
遲 い
【遲的；慢的】

⭐ 例句學習區 20 秒 ★ ★ ★ ★ ★ ★

聽 🎵

中文
▼
分段&慢速日文
▼
快速日文

★
時間還 早。

じかん　　　　　　　　　はや
時 間　は　まだ　早 い　です。
ji ka n　wa　ma da　ha ya i　de su

聽 🎵

中文
▼
分段&慢速日文
▼
快速日文

★
遲 到五分鐘。

ご ふん　おそ
五 分　遲 かった。
go fu n　o so ka　tta

單字學習區 20 秒

聽 ♪

＊＊＊しい

字尾相同 的 單字群組

MP3 130

たのしい　高興的
かなしい　悲傷的

聽 ♪

中文
▼
慢速日文
▼
快速日文

♪

★
た・の・し・い
ta　no　shi　i

たの
楽 しい
【高興的】

♪

★
か・な・し・い
ka　na　shi　i

かな
悲 しい
【悲傷的】

 例句學習區 20 秒 ★ ★ ★ ★ ★ ★

聽

中文
▼
分段&慢速日文
▼
快速日文

★
很 高興。

たの
楽 しかった 。
ta no shi ka 　tta

聽

中文
▼
分段&慢速日文
▼
快速日文

★
很 悲傷。

　　　　　　 かな
とても 　悲 しい 　です 。
to te mo 　ka na shi i 　de su

143

暖身區
★動感節奏學習區★

Music Japanese ㉗

MP3 131

★背景音樂：Living on the Road
★學習內容：單字群組 105~108
★學習次數：唸 2 次

預備

♪1拍　♪2拍　♪3拍　♪4拍　　四拍前奏

Go！開始

群組 105	★ 動感節奏 + 聽音樂學習 ★		
			羅馬拼音
	溫暖的 ➡	あたたかい	a.ta.ta.ka.i
	涼爽的 ➡	すずしい	su.zu.shi.i

群組 106	★ 動感節奏 + 聽音樂學習 ★		
			羅馬拼音
	重的 ➡	おもい	o.mo.i
	輕的 ➡	かるい	ka.ru.i

群組 107	★ 動感節奏 + 聽音樂學習 ★		
			羅馬拼音
	廣大的 ➡	ひろい	hi.ro.i
	狹窄的 ➡	せまい	se.ma.i

群組 108	★ 動感節奏 + 聽音樂學習 ★		
			羅馬拼音
	黑暗的 ➡	くらい	ku.ra.i
	明亮的 ➡	あかるい	a.ka.ru.i

從頭來！再聽一次！

單字學習區 20 秒

聽 ♪

字尾相同 的 單字群組

* * * い

MP3 132

あたたかい　溫暖的
すずしい　涼爽的

聽 ♪

中文 ▼ 慢速日文 ▼ 快速日文

★
あ　た・た・か　い
a　ta　ta　ka　i

あたた
暖 かい
【溫暖的】

★
す　ず・し　い
su　zu　shi　i

すず
涼 しい
【涼爽的】

 例句學習區 20 秒　★ ★ ★ ★ ★ ★

聽 ♪

中文 ▼ 分段&慢速日文 ▼ 快速日文

★
溫暖的 天氣。

あたた　　　　てんき
　暖 かい　天 気　です。
a ta ta ka i　te n ki　de su

聽 ♪

中文 ▼ 分段&慢速日文 ▼ 快速日文

★
很 涼爽。

　　　　すず
とても　涼 しい　です。
to te mo　su zu shi i　de su

★ 單字學習區 20 秒

聽 ♪

***い

字尾相同
的
單字群組

MP3 133

おもい　重的
かるい　輕的

聽 ♪

中文
▼
慢速日文
▼
快速日文

お・も・い
o　mo　i

おも
重 い
【重的】

か・る・い
ka　ru　i

かる
軽 い
【輕的】

★ 例句學習區 20 秒 ★ ★ ★ ★ ★ ★ ★

聽 ♪
中文
▼
分段&慢速日文
▼
快速日文

很 重 喔。小心！

おも　　　　　　　き
重 い　です。気 を つけて。
o mo i　de su　ki　wo　tsu ke te

聽 ♪
中文
▼
分段&慢速日文
▼
快速日文

很 輕的。

かる
軽 い　です。
ka ru i　de su

146

★ 單字學習區 20 秒

聽

＊＊＊い

字尾相同 的 單字群組

MP3 134

ひろい 　廣大的
せまい 　狹窄的

聽

中文
▼
慢速日文
▼
快速日文

　　★
ひ ろ い
hi ro i

ひろ
広 い
【廣大的】

　　★
せ ま い
se ma i

せま
狹 い
【狹窄的】

★ 例句學習區 20 秒 ★ ★ ★ ★ ★ ★ ★

聽
中文
▼
分段&慢速日文
▼
快速日文

★
很 寬廣 嗎？

ひろ
広 い 　ですか。
hi ro i 　de su ka

聽
中文
▼
分段&慢速日文
▼
快速日文

★
很 狹窄。

　　せま
とても 　狹 い 　です。
to te mo 　se ma i 　de su

★ 單字學習區 20 秒

聽 ♪ 　　**＊＊＊い**

字尾相同 的 單字群組

MP3 135

くらい　黑暗的
あかるい　明亮的

聽 ♪

中文
▼
慢速日文
▼
快速日文

く　ら・い
ku ra i

くら
暗 い
【黑暗的】

★
あ　か・る　い
a ka ru i

あか
明 るい
【明亮的】

★ 例句學習區 20 秒 ★ ★ ★ ★ ★ ★

聽 ♪

★

中文
▼
分段&慢速日文
▼
快速日文

很 暗 嗎？

くら
暗 い ですか。
ku ra i de su ka

聽 ♪

★

中文
▼
分段&慢速日文
▼
快速日文

明亮的 房間。

あか 　　　へ や
明 るい 　部屋。
a ka ru i he ya

MP3 136

★ 背景音樂：Living on the Road
★ 學習內容：單字群組 109~112
★ 學習次數：唸 2 次

預 備

♪1拍　♪2拍　♪3拍　♪4拍　　四拍前奏

Go！開 始

群組 109	★　動感節奏 + 聽音樂學習　★		
	🎵	🎵	羅馬拼音
	豬肉　➡	ぶたにく	bu.ta.ni.ku
	雞肉　➡	とりにく	to.ri.ni.ku

群組 110	★　動感節奏 + 聽音樂學習　★		
	🎵	🎵	羅馬拼音
	貴的　➡	たかい	ta.ka.i
	便宜的　➡	やすい	ya.su.i

群組 111	★　動感節奏 + 聽音樂學習　★		
	🎵	🎵	羅馬拼音
	飛機　➡	ひこうき	hi.ko.u.ki
	機場　➡	くうこう	ku.u.ko.u

群組 112	★　動感節奏 + 聽音樂學習　★		
	🎵	🎵	羅馬拼音
	危險的　➡	あぶない	a.bu.na.i
	骯髒的　➡	きたない	ki.ta.na.i

從頭來！再聽一次！

單字學習區 20秒

聽 ♪ **＊＊＊にく**

MP3 137

字尾相同 的 單字群組

ぶたにく　豬肉
とりにく　雞肉

聽 ♪

中文
▼
慢速日文
▼
快速日文

ぶ・た・に・く
bu　ta　ni　ku

ぶたにく
豚　肉
【豬肉】

と・り・に・く
to　ri　ni　ku

とりにく
鶏　肉
【雞肉】

 例句學習區 20秒 ★ ★ ★ ★ ★ ★

聽 ♪

中文
▼
分段&慢速日文
▼
快速日文

★

我喜歡吃 豬肉。

ぶたにく　　　　　す
豚　肉　が　好き　です。
bu ta ni ku　ga　su ki　de su

聽 ♪

中文
▼
分段&慢速日文
▼
快速日文

★

我討厭吃 雞肉。

とりにく　　　　きら
鶏　肉　が　嫌い　です。
to ri ni ku　ga　ki ra i　de su

★ 單字學習區 20秒

聽 ♪

字尾相同
的
單字群組

MP3 138

たかい　貴的
やすい　便宜的

聽 ♪

中文
▼
慢速日文
▼
快速日文

★
た　か　い
ta　ka　i

たか
高 い
【貴的】

★
や　す　い
ya　su　i

やす
安 い
【便宜的】

28

★
群
組
110

★ 例句學習區 20秒 ★ ★ ★ ★ ★ ★ ★

聽

中文
▼
分段&慢速日文
▼
快速日文

★
很 貴。

たか
高 い　　です。
ta ka i　　de su

聽

中文
▼
分段&慢速日文
▼
快速日文

★
這個真的很 便宜。

　　　　ほんとう　　　　やす
これ、　本 当　に　安 い　です。
ko re　ho n to u　ni　ya su i　de su

151

★ 單字學習區 20 秒

聽 ♫

＊＊＊こう＊＊＊

中間相同 的 單字群組

MP3 139

ひこうき　飛機
くうこう　　機場

聽 ♫

中文
▼
慢速日文
▼
快速日文

★
ひ・こ・う・き
hi　ko　u　ki

ひこうき
飛行機
【飛機】

く・う・こ・う
ku　u　ko　u

くうこう
空港
【機場】

★ 例句學習區 20 秒 ★ ★ ★ ★ ★ ★

聽 ♫

中文
▼
分段&慢速日文
▼
快速日文

★
你搭哪一班 飛機 呢？

なんびん　　　　　　ひこうき
何　便　の　飛行機　ですか。
nan bin　　no　　hi ko u ki　　de su ka

聽 ♫

中文
▼
分段&慢速日文
▼
快速日文

★
我要到 機場。

くうこう
空港　まで　です。
ku u ko u　ma de　de su

單字學習區 20秒

聽 ♪

字尾相同 的 單字群組

MP3 140

| あぶ**ない** | 危險的 |
| きた**ない** | 骯髒的 |

聽 ♪

中文
▼
慢速日文
▼
快速日文

♪

あ・ぶ・な̲・い
a　bu　na　i
　　　★

あぶ
危 ない
【危險的】

♪

き・た・な̲・い
ki　ta　na　i
　　★

きたな
汚 い
【骯髒的】

 例句學習區 20秒 ★ ★ ★ ★ ★ ★

聽

中文
▼
分段&慢速日文
▼
快速日文

★
很 危險 喔。

あぶ
危ない ┊ ですよ。
a bu na i ↓ de su yo

聽

中文
▼
分段&慢速日文
▼
快速日文

★
很 髒 嗎?

きたな
汚 い ┊ ですか。
ki ta na i ↓ de su ka

★ 動感節奏學習區 ★

暖身區

Music Japanese 29

MP3 141

★背景音樂：Living on the Road
★學習內容：單字群組 113～116
★學習次數：唸 2 次

預 備

♪1拍　♪2拍　♪3拍　♪4拍　四拍前奏

Go！開始

群組 113	★ 動感節奏 ＋ 聽音樂學習 ★		
	♪♪	♪♪	羅馬拼音
	開始 ➡	はじめます	ha.ji.me.ma.su
	結束 ➡	おわります	o.wa.ri.ma.su

群組 114	★ 動感節奏 ＋ 聽音樂學習 ★		
	♪♪	♪♪	羅馬拼音
	走路 ➡	あるきます	a.ru.ki.ma.su
	跑步 ➡	はしります	ha.shi.ri.ma.su

群組 115	★ 動感節奏 ＋ 聽音樂學習 ★		
	♪♪	♪♪	羅馬拼音
	打擾 ➡	じゃま	ja.ma
	別吵我 ➡	じゃましないで	ja.ma.shi.na.i.de

群組 116	★ 動感節奏 ＋ 聽音樂學習 ★		
	♪♪	♪♪	羅馬拼音
	當然 ➡	もちろん	mo.chi.ro.n
	（所擁有的）東西 ➡	もちもの	mo.chi.mo.no

154　　從頭來！再聽一次！

聽 ♪

字尾相同 的 單字群組

＊＊＊ます

MP3 142

はじめます　開始
おわります　結束；完了

Music Japanese

29

★ 群組 113

聽 ♪

中文
▼
慢速日文
▼
快速日文

★
は　じ・め・ま　す
ha　ji　me　ma　su

はじ
始 めます
【開始】

★
お　わ・り・ま　す
o　wa　ri　ma　su

お
終わります
【結束；完了】

 例句學習區 20 秒　★ ★ ★ ★ ★ ★

聽
中文
▼
分段&慢速日文
▼
快速日文

★
開始 學日文。

にほんご　　　べんきょう　　　　はじ
日 本 語 の 勉 強 を 始 めます。
ni ho n go　no　be n kyo u　wo　ha ji me ma su

聽
中文
▼
分段&慢速日文
▼
快速日文

★
要 結束 了嗎？

お
終 わりますか。
o wa ri ma su ka

155

☆ 單字學習區 20 秒

聽 ♪

＊＊＊ます

字尾相同
的
單字群組

MP3 143

あるきます　走路
はしります　跑步

聽 ♪

中文
▼
慢速日文
▼
快速日文

あ・る・き・ま・す
a　ru　ki　ma　su
★

ある
歩 きます
【走路】

は・し・り・ま・す
ha　shi　ri　ma　su
★

はし
走 ります
【跑步】

☆ 例句學習區 20 秒　★ ★ ★ ★ ★ ★

聽 ♪

中文
▼
分段&慢速日文
▼
快速日文

★

走 到車站。

えき　　　　　　　　　ある
駅　まで　歩きます。
e ki　ma de　a ru ki ma su

聽 ♪

中文
▼
分段&慢速日文
▼
快速日文

★

跑 到學校。

がっこう　　　　　　　　はし
学 校　まで　走ります。
ga kko u　ma de　ha shi ri ma su

Music Japanese

聽 ♪

じゃま＊＊＊

MP3 144

じゃま　　　　　　打擾
じゃましないで　別吵我

29

聽 ♪

中文
▼
慢速日文
▼
快速日文

じゃ・ま
ja　ma

じゃま
邪魔
【打擾】

★群組 115

★
じゃ・ま・し・な・い・で
ja　ma　shi　na　i　de

じゃま
邪魔しないで
【別吵我】

 例句學習區 20秒 ★ ★ ★ ★ ★ ★ ★

聽
中文
▼
分段&慢速日文
▼
快速日文

★
打擾 你了。

じゃま
お邪魔　します。
o　ja ma　　shi ma su

聽
中文
▼
分段&慢速日文
▼
快速日文

★
我很忙，別吵我！

いそが　　　　　　　　　　　　じゃま
忙しいん　だから、　邪魔しないで！
i so ga shi i n　da ka ra　ja ma shi na i de

157

★ 單字學習區 20秒

聽 ♪

もち＊＊＊

字首相同 的 單字群組

MP3 145

もちろん　　當然
もちもの　　（所擁有的）東西

聽 ♪

中文
▼
慢速日文
▼
快速日文

★
も　ち　ろ・ん
mo　chi　ro　n

もちろん

【當然】

★
も　ち　も・の
mo　chi　mo　no

も　もの
持ち物
【（所擁有的）東西】

★ 例句學習區 20秒　★ ★ ★ ★ ★ ★

聽 ♪

中文
▼
分段&慢速日文
▼
快速日文

★

當然 ！

も　ち　ろ　ん　　です 。
mo chi ro n　　de su

聽 ♪

中文
▼
分段&慢速日文
▼
快速日文

★

這是你的 東西 嗎？

　　　　　　　　　　も　　もの
あ な た　　の　　持 ち 物　　です か 。
a na ta　　no　　mo chi mo no　　de su ka

158

★背景音樂：Living on the Road
★學習內容：單字群組 117~120
★學習次數：唸 2 次

預 備

♪1拍　♪2拍　♪3拍　♪4拍　四拍前奏

Go！開始

群組 117	★ 動感節奏 ＋ 聽音樂學習 ★		
			羅馬拼音
	下午 ➡	ごご	go.go
	上午 ➡	ごぜん	go.ze.n

群組 118	★ 動感節奏 ＋ 聽音樂學習 ★		
			羅馬拼音
	書 ➡	ほん	ho.n
	書店 ➡	ほんや	ho.n.ya

群組 119	★ 動感節奏 ＋ 聽音樂學習 ★		
			羅馬拼音
	騙人 ➡	うそ	u.so
	騙子 ➡	うそつき	u.so.tsu.ki

群組 120	★ 動感節奏 ＋ 聽音樂學習 ★		
			羅馬拼音
	車站 ➡	えき	e.ki
	車站便當 ➡	えきべん	e.ki.be.n

從頭來！再聽一次！

 單字學習區 **20 秒**

聽 🎵

 ご ＊＊＊

字首相同 的 單字群組

MP3 147

ごご　　下午
ごぜん　上午

聽 🎵

中文
▼
慢速日文
▼
快速日文

★
ご・ご
go　go

★
ご・ぜ・ん
go　ze　n

ごご
午後
【下午】

ごぜん
午前
【上午】

30

★ 群組 117

 例句學習區 **20 秒** ★ ★ ★ ★ ★ ★ ★

聽 🎵

中文
▼
分段&慢速日文
▼
快速日文

★
是 下午 嗎？

ご ご
午 後　です か 。
go go　de su ka

聽 🎵

中文
▼
分段&慢速日文
▼
快速日文

★
是 上午 。

ご ぜん
午 前　です 。
go ze n　de su

單字學習區 20秒

聽 ♪

 ほん＊＊＊

字首相同
的
單字群組

MP3 148

ほん　　書
ほんや　書店

聽 ♪

中文
▼
慢速日文
▼
快速日文

★
ほ・ん
ho　n

★
ほ・ん・や
ho　n　ya

ほん
本
【書】

ほんや
本屋
【書店】

30

★
群
組
118

例句學習區 20秒 ★ ★ ★ ★ ★ ★

聽

中文
▼
分段&慢速日文
▼
快速日文

★
看書。
ほん　　　　　よ
本　を　読みます。
ho n　wo　yo mi ma su

聽

中文
▼
分段&慢速日文
▼
快速日文

★
我要去書店。
ほんや　　　　い
本屋　へ　行きます。
ho nya　e　i ki ma su

161

★ 單字學習區 20秒

聽 ♪

うそ ＊＊＊

字首相同 的 單字群組

MP3 149

うそ 　　騙人；説謊
うそつき 　騙子

聽 ♪

中文
▼
慢速日文
▼
快速日文

★
う　そ
u　so

うそ
嘘
【騙人；説謊】

★
う　そ　つ・き
u　so　tsu　ki

うそ
嘘 つき
【騙子】

★ 例句學習區 20秒 ★ ★ ★ ★ ★ ★

聽 ♪

中文
▼
分段&慢速日文
▼
快速日文

★

那是 騙人 的。

　　　　　　　 うそ
それ 　は 　嘘 　です。
so re 　wa 　u so 　de su

聽 ♪

中文
▼
分段&慢速日文
▼
快速日文

★

你這個 騙子。

うそ
嘘 つき 。
u so tsu ki

單字學習區 20秒

聽🎵

 えき****

MP3 150

えき	車站
えきべん	車站便當

字首相同 的 單字群組

聽🎵

中文
▼
慢速日文
▼
快速日文

★
え　き
e　ki

えき
駅
【車站】

え　き・べ・ん
e　ki be　n

えきべん
駅弁
【車站便當】

30

★群組 120

⭐ **例句學習區** 20秒 ★ ★ ★ ★ ★ ★ ★

聽🎵

中文
▼
分段&慢速日文
▼
快速日文

★
在 車站 的附近。

えき　　　　　　ちか
駅　の　近く　です。
e ki　no　chi ka ku　de su

聽🎵

中文
▼
分段&慢速日文
▼
快速日文

★
有很多種 車站便當。

えきべん
駅弁　が　いろいろ　あります。
e ki be n　ga　i ro i ro　a ri masu

163

MP3 151

★背景音樂：Living on the Road
★學習內容：單字群組 121~124
★學習次數：唸 2 次

預備

♪1拍　♪2拍　♪3拍　♪4拍　四拍前奏

Go！開始

群組 121	★　動感節奏 ＋ 聽音樂學習　★		
	♪♪♪	♪♪	羅馬拼音
	有人　➡	います	i.ma.su
	沒有人　➡	いません	i.ma.se.n

群組 122	★　動感節奏 ＋ 聽音樂學習　★		
	♪♪♪	♪♪	羅馬拼音
	需要　➡	いります	i.ri.ma.su
	不需要　➡	いりません	i.ri.ma.se.n

群組 123	★　動感節奏 ＋ 聽音樂學習　★		
	♪♪♪	♪♪	羅馬拼音
	會　➡	できます	de.ki.ma.su
	不會　➡	できません	de.ki.ma.se.n

群組 124	★　動感節奏 ＋ 聽音樂學習　★		
	♪♪♪	♪♪	羅馬拼音
	做　➡	します	shi.ma.su
	不做　➡	しません	shi.ma.se.n

從頭來！再聽一次！

單字學習區 20 秒

聽 ♪

いま＊＊＊

字首相同 的 單字群組

MP3 152

います 　　有人
いません 　沒有人

聽 ♪

中文 ▼ 慢速日文 ▼ 快速日文

★
い　ま　す
i　ma　su

います

【有人】

★
い　ま・せ　ん
i　ma　se　n

いません

【沒有人】

31

★ 群組 121

 例句學習區 20 秒 ★ ★ ★ ★ ★ ★ ★

聽

中文 ▼ 分段&慢速日文 ▼ 快速日文

★
我 有 一個哥哥。

あに　　　　　　ひとり
兄 　が 　一 人　 い ま す。
a ni 　ga 　hi to ri 　 i ma su

聽

中文 ▼ 分段&慢速日文 ▼ 快速日文

★
我 沒有 兄弟姊妹。

きょうだい
兄 弟 　が 　い ま せ ん。
kyo u da i 　ga 　 i ma se n

165

單字學習區 20秒

聽 🎵 **いりま*****

 MP3 153

いります 需要
いりません 不需要

聽 🎵

中文
▼
慢速日文
▼
快速日文

★
い り・ま す
i ri ma su

い
要ります
【需要】

★
い り・ま・せ ん
i ri ma se n

い
要りません
【不需要】

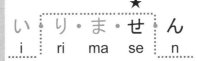 **例句學習區** 20秒 ★ ★ ★ ★ ★ ★

聽 🎵

★
中文
▼
分段&慢速日文
▼
快速日文

需要 果汁嗎？

　　　　　　　　　　　　い
ジュース は 要りますか。
ju u su　wa　i ri ma su ka

聽 🎵

★
中文
▼
分段&慢速日文
▼
快速日文

不用了，我 不需要。

　　　　　　　い
いいえ、 要りません。
i i e　　i ri ma se n

★ 單字學習區 20秒

聽 ♪

字首相同
的
單字群組

できま＊＊＊
MP3 154

できます　　會；能夠
でできません　不會；不能

聽 ♪

中文
▼
慢速日文
▼
快速日文

★
で き・ま す
de ki ma su

でできます
【會；能夠】

★
で き・ま・せ ん
de ki ma se n

でできません
【不會；不能】

★ 例句學習區 20秒 ★ ★ ★ ★ ★ ★ ★

聽 ♪

中文
▼
分段&慢速日文
▼
快速日文

★
我 會 說日文。

にほんご
日本語　が　できます。
ni ho n go　ga　de ki ma su

聽 ♪

中文
▼
分段&慢速日文
▼
快速日文

★
我 不會 說英文。

わたし　　　えいご
私　は　英語　が　できません。
wa ta shi　wa　e i go　ga　de ki ma se n

31

★
群
組
123

★ 單字學習區 20 秒

聽 ♪

しま ＊＊＊

字首相同
的
單字群組

MP3 155

します　　做
しません　不做

聽 ♪

中文
▼
慢速日文
▼
快速日文

★
し　ま　す
shi　ma　su

します
_____
【做】

★
し　ま・せ　ん
shi　ma　se　n

しません
_____
【不做】

★ 例句學習區 20 秒 ★ ★ ★ ★ ★ ★

聽 ♪

中文
▼
分段&慢速日文
▼
快速日文

★
你常常 做 嗎？

よく　　します か。
yo ku　　shi ma su ka

聽 ♪

中文
▼
分段&慢速日文
▼
快速日文

★
我 不做 這樣的事。

わたし
私　　は　こんな　こと　を　しません。
wa ta shi　wa　ko n na　ko to　wo　shi ma se n

★背景音樂：Living on the Road
★學習內容：單字群組 125~128
★學習次數：唸 2 次

預備

♪1拍　　♪2拍　　♪3拍　　♪4拍　　四拍前奏

Go！開始

群組 125	★　動感節奏 ＋ 聽音樂學習　★		
	♪♪	♪♪♪	羅馬拼音
	吃 ➡	たべます	ta.be.ma.su
	不吃 ➡	たべません	ta.be.ma.se.n

群組 126	★　動感節奏 ＋ 聽音樂學習　★		
	♪♪	♪♪♪	羅馬拼音
	能喝 ➡	のめます	no.me.ma.su
	不能喝 ➡	のめません	no.me.ma.se.n

群組 127	★　動感節奏 ＋ 聽音樂學習　★		
	♪♪	♪♪♪	羅馬拼音
	去 ➡	いきます	i.ki.ma.su
	不去 ➡	いきません	i.ki.ma.se.n

群組 128	★　動感節奏 ＋ 聽音樂學習　★		
	♪♪	♪♪♪	羅馬拼音
	來 ➡	きます	ki.ma.su
	不來 ➡	きません	ki.ma.se.n

從頭來！再聽一次！

★ 單字學習區 20 秒

聽 ♪

たべま＊＊＊

字首相同
的
單字群組

MP3 157

たべます　　吃
たべません　不吃

聽 ♪

中文
▼
慢速日文
▼
快速日文

★
た　べ・ま　す
ta　be　ma　su

た
食べます
【吃】

★
た　べ・ま・せ　ん
ta　be　ma　se　n

た
食べません
【不吃】

★ 例句學習區 20 秒　★ ★ ★ ★ ★ ★

聽 ♪

中文
▼
分段&慢速日文
▼
快速日文

★
我 吃 過飯了。

はん　　　　　　た
ご飯　を　食べました。
go ha n　wo　ta be ma shi ta

聽 ♪

中文
▼
分段&慢速日文
▼
快速日文

★
我 不吃 早餐。

わたし　　　　あさ はん　　　　た
私　は　朝ご飯　を　食べません。
wa ta shi　wa　a sa go ha n　wo　ta bemase n

單字學習區 20 秒

聽 🎵

のめま＊＊＊

字首相同 的 單字群組

MP3 158

のめます　　能喝
のめません　不能喝

聽 🎵

中文
▼
慢速日文
▼
快速日文

🎵
★
の　め・ま　す
no　me　ma　su

の
飲めます
【能喝】

🎵
★
の　め・ま・せ　ん
no　me　ma　se　n

の
飲めません
【不能喝】

32

★
群組
126

 例句學習區 20 秒 ★ ★ ★ ★ ★ ★

聽
中文
▼
分段&慢速日文
▼
快速日文

★
能夠喝 酒。

さけ　　　　　の
お 酒　が　　飲 め ま す。
o sa ke　ga　　no me ma su

聽
中文
▼
分段&慢速日文
▼
快速日文

★
不能喝 酒。

さけ　　　　　の
お 酒　が　　飲 め ま せ ん。
o sa ke　ga　　no me ma se n

171

⭐ 單字學習區 20 秒

聽 ♪

いきま＊＊＊

字首相同
的
單字群組

MP3 159

いきます　　去
いきません　不去

聽 ♪

中文
▼
慢速日文
▼
快速日文

★
い　き・ま　す
i　ki　ma　su

い
行きます
【去】

★
い　き・ま・せ　ん
i　ki　ma　se　n

い
行きません
【不去】

⭐ 例句學習區 20 秒 ★ ★ ★ ★ ★ ★

聽
中文
▼
分段&慢速日文
▼
快速日文

★
一起 去 吧！

いっしょ　　　　　い
一　緒　に　　行　き　ま　しょう。
i　sshi ni　　i　ki ma　sho u

聽
中文
▼
分段&慢速日文
▼
快速日文

★
我 不去。

わたし　　　　　　い
　私　は　行　き　ま　せ　ん。
wa ta shi　wa　i　ki ma se　n

單字學習區 20 秒

聽🎵

 きま＊＊＊

字首相同 的 單字群組

 MP3 160

きます　來
きません　不來

聽🎵

中文
▼
慢速日文
▼
快速日文

🎵
★
き・ま・す
ki ma su

き
来ます
【來】

🎵
★
き・ま・せ・ん
ki ma se n

き
来ません
【不來】

 例句學習區 20 秒 ★ ★ ★ ★ ★ ★

聽🎵

中文
▼
分段&慢速日文
▼
快速日文

★
你太太也會 來 嗎？

おくさま　　　　　き
奥 様 も 来 ますか。
o ku sa ma　mo　ki ma su ka

聽🎵

中文
▼
分段&慢速日文
▼
快速日文

★
她 不來。

かのじょ　　　　き
彼 女 は 来 ません。
ka no jo　wa　ki ma se n

Music Japanese

32

★群組 128

MP3 161

★背景音樂：Living on the Road
★學習內容：單字群組 129~132
★學習次數：唸 2 次

預備

♪1拍　♪2拍　♪3拍　♪4拍　四拍前奏

Go！開始

群組 129	★　動感節奏 ＋ 聽音樂學習　★		
	♪♪	♪♪	羅馬拼音
	會唸 ➡	よめます	yo.me.ma.su
	不會唸 ➡	よめません	yo.me.ma.se.n

群組 130	★　動感節奏 ＋ 聽音樂學習　★		
	♪♪	♪♪	羅馬拼音
	看得到 ➡	みえます	mi.e.ma.su
	看不到 ➡	みえません	mi.e.ma.se.n

群組 131	★　動感節奏 ＋ 聽音樂學習　★		
	♪♪	♪♪	羅馬拼音
	會寫 ➡	かけます	ka.ke.ma.su
	不會寫 ➡	かけません	ka.ke.ma.se.n

群組 132	★　動感節奏 ＋ 聽音樂學習　★		
	♪♪	♪♪	羅馬拼音
	會說 ➡	はなせます	ha.na.se.ma.su
	不會說 ➡	はなせません	ha.na.se.ma.se.n

從頭來！再聽一次！

單字學習區 20 秒

聽 ♪

よめま ＊＊＊

字首相同 的 單字群組

MP3 162

| よめます | 會唸 |
| よめません | 不會唸 |

33

★ 群組 129

聽 ♪

中文
▼
慢速日文
▼
快速日文

| よ | め・ま | ★ す |
| yo | me・ma | su |

よ
読めます
【會唸】

| よ | め・ま | ★ せ | ん |
| yo | me・ma | se | n |

よ
読めません
【不會唸】

 例句學習區 20 秒 ★ ★ ★ ★ ★ ★

聽

中文
▼
分段&慢速日文
▼
快速日文

★
會唸 嗎？

よ
読めますか。
yo me ma su ka

聽

中文
▼
分段&慢速日文
▼
快速日文

★
不，我 不會唸。

よ
いいえ、 読めません。
i i e　yo me ma se n

175

單字學習區 20 秒

聽♪ みえま＊＊＊

字首相同 的 單字群組

MP3 163

みえます　看得到
みえません　看不到

聽♪

中文
▼
慢速日文
▼
快速日文

★
み・え・ま・す
mi　e・ma　su

み
見えます
【看得到】

★
み・え・ま・せ・ん
mi　e　ma　se　n

み
見えません
【看不到】

 例句學習區 20 秒 ★ ★ ★ ★ ★ ★

聽♪
中文
▼
分段&慢速日文
▼
快速日文

★
我 看到 老師了。

せんせい　　　　み
先生　が　　見えました。
se n se i　ga　　mi e ma shi ta

聽♪
中文
▼
分段&慢速日文
▼
快速日文

★
我什麼也 沒看到。

なに　　　　　み
何　も　　見えません。
na ni　mo　　mi e ma se n

單字學習區 20 秒

聽 ♪

字首相同
的
單字群組

かけま＊＊＊

MP3 164

かけます　　會寫
かけません　不會寫

聽 ♪

中文
▼
慢速日文
▼
快速日文

★
か・け・ま・す
ka　ke　ma　su

か
書けます
【會寫】

★
か・け・ま・せ・ん
ka　ke　ma　se　n

か
書けません
【不會寫】

33

★
群組
131

 例句學習區 20 秒 ★ ★ ★ ★ ★ ★

聽 ♪

中文
▼
分段&慢速日文
▼
快速日文

★
終於 會寫 了。

か
やっと　書けました。
ya　tto　ka ke ma shi ta

聽 ♪

中文
▼
分段&慢速日文
▼
快速日文

★
還 不會寫。

か
まだ、　書けません。
ma da　ka ke ma se n

177

☆ 單字學習區 20 秒

聽 ♪

はなせま＊＊＊

字首相同
的
單字群組

MP3 165

はなせます　　會説
はなせません　不會説

聽 ♪

中文
▼
慢速日文
▼
快速日文

は・な・せ・ま・**す**
ha・na・se・ma・su

はな
話 せます
【會説】

は・な・せ・ま・**せ**・**ん**
ha・na・se・ma・se・n

はな
話 せません
【不會説】

☆ 例句學習區 20 秒 ★ ★ ★ ★ ★ ★

聽 ♪

中文
▼
分段&慢速日文
▼
快速日文

我 會說 日文。

に ほん ご　　　　　　　はな
日 本 語　が　話 せます。
ni ho n go　　ga　ha na se ma su

聽 ♪

中文
▼
分段&慢速日文
▼
快速日文

我 不會說 英文。

えい ご　　　　　　　　はな
英 語　が　話 せません。
e i go　　ga　ha na se ma se n

MP3 166

★背景音樂：Living on the Road
★學習內容：單字群組 133~136
★學習次數：唸 2 次

預備

♪1拍　♪2拍　♪3拍　♪4拍　　四拍前奏

Go！開始

群組 133	★ 動感節奏 + 聽音樂學習 ★		
	♪♪	♪♪	羅馬拼音
	有 ➡	あります	a.ri.ma.su
	沒有 ➡	ありません	a.ri.ma.se.n

群組 134	★ 動感節奏 + 聽音樂學習 ★		
	♪♪	♪♪	羅馬拼音
	知道 ➡	わかりました	wa.ka.ri.ma.shi.ta
	不知道 ➡	わかりません	wa.ka.ri.ma.se.n

群組 135	★ 動感節奏 + 聽音樂學習 ★		
	♪♪	♪♪	羅馬拼音
	回去 ➡	かえります	ka.e.ri.ma.su
	不回去 ➡	かえりません	ka.e.ri.ma.se.n

群組 136	★ 動感節奏 + 聽音樂學習 ★		
	♪♪	♪♪	羅馬拼音
	認爲 ➡	おもいます	o.mo.i.ma.su
	不認爲 ➡	おもいません	o.mo.i.ma.se.n

從頭來！再聽一次！

單字學習區 20 秒

聽 ♪ あります ***

★群組 133

34

字首相同
的
單字群組

MP3 167

あります　　有
ありません　沒有

聽 ♪

中文
▼
慢速日文
▼
快速日文

★
あ・り・ま　す
a　ri　ma　su

あります

【有】

★
あ・り・ま・せ　ん
a　ri　ma　se　n

ありません

【沒有】

 例句學習區 20 秒 ★ ★ ★ ★ ★ ★

聽 ♪

中文
▼
分段&慢速日文
▼
快速日文

★
有　再小一點的嗎？

　　　　ちい
もっと　小さい　の　が　あります か。
mo tto　chii sai　no　ga　a ri ma su ka

聽 ♪

中文
▼
分段&慢速日文
▼
快速日文

★
沒有 了。

いいえ、　ありません。
i i e　　　a ri ma se n

單字學習區 20 秒

聽 ♪

 わかりま＊＊＊

字首相同 的 單字群組

MP3 168

わかりました 知道；了解
わかりません 不知道

聽 ♪

中文
▼
慢速日文
▼
快速日文

♪
わ・か・り・ま・★し・た
wa ka ri ma shi ta

わ
分かりました
【知道；了解】

♪
わ・か・り・ま・★せ・ん
wa ka ri ma se n

わ
分かりません
【不知道】

34

★
群
組
134

 例句學習區 20 秒 ★ ★ ★ ★ ★ ★

聽
中文
▼
分段&慢速日文
▼
快速日文

★
這樣 知道 了嗎？

わ
分かりましたか。
wa ka ri ma shi ta ka

聽
中文
▼
分段&慢速日文
▼
快速日文

★
我 不 太 知道（了解）。

　　　　わ
よく　　分かりません。
yo ku　　wa ka ri ma se n

★ 單字學習區 20 秒

聽 ♪

かえりま＊＊＊

| 字首相同 的 單字群組 |  MP3 169 | かえります　回去
かえりません　不回去 |

聽 ♪

中文
▼
慢速日文
▼
快速日文

★
か｜え・り・ま｜す
ka　e　ri　ma　su

かえ
帰 ります
【回去】

★
か・え・り・ま・せ｜ん
ka　e　ri　ma　se　n

かえ
帰 りません
【不回去】

★ 例句學習區 20 秒 ★ ★ ★ ★ ★ ★

聽 ♪

中文
▼
分段&慢速日文
▼
快速日文

★
你要 回 家了嗎？

かえ
うち ▼ へ ▼ 帰 りますか 。
u chi　　e　　ka e ri ma su ka

聽 ♪

中文
▼
分段&慢速日文
▼
快速日文

★
你 不 一起 回 家嗎？

いっしょ　　かえ
一 緒 に ▼ 帰 りませんか 。
i ssho ni　　ka e ri ma se n ka

單字學習區 20 秒

聽

字首相同
的
單字群組

おもいま * * * *

MP3 170

おもいます　　認為
おもいません　不認為

聽

中文
▼
慢速日文
▼
快速日文

お　も・い・ま　す
o　mo　i　ma　su
★

おも
思 います
【認為】

お　も・い・ま・せ　ん
o　mo　i　ma　se　n
★

おも
思 いません
【不認為】

 例句學習區 20 秒　★ ★ ★ ★ ★ ★ ★

聽
中文
▼
分段&慢速日文
▼
快速日文

★
我也是這麼 認為。

わたし
私　　も　　そう　　思います。
wa ta shi　mo　so u　o mo i ma su
おも

聽
中文
▼
分段&慢速日文
▼
快速日文

★
我 不 這麼 認為。

わたし
私　　は　　そう　　思いません。
wa ta shi　wa　so u　o mo i ma se n
おも

★暖身區
★動感節奏學習區★

Music Japanese ㉟

MP3 171

★背景音樂：Living on the Road
★學習內容：單字群組 137~140
★學習次數：唸 2 次

預備

♪1拍　♪2拍　♪3拍　♪4拍　　四拍前奏

Go！開始

群組 137	★　動感節奏 ＋ 聽音樂學習　★		
	♪♪♪	♪♪♪	羅馬拼音
	紙 ➡	かみ	ka.mi
	信 ➡	てがみ	te.ga.mi

群組 138	★　動感節奏 ＋ 聽音樂學習　★		
	♪♪♪	♪♪♪	羅馬拼音
	下一次 ➡	こんど	ko.n.do
	大部分 ➡	ほとんど	ho.to.n.do

群組 139	★　動感節奏 ＋ 聽音樂學習　★		
	♪♪♪	♪♪♪	羅馬拼音
	櫻花 ➡	さくら	sa.ku.ra
	櫻桃 ➡	さくらんぼ	sa.ku.ra.n.bo

群組 140	★　動感節奏 ＋ 聽音樂學習　★		
	♪♪♪	♪♪♪	羅馬拼音
	果然 ➡	なるほど	na.ru.ho.do
	盡可能 ➡	なるべく	na.ru.be.ku

從頭來！再聽一次！

單字學習區 20 秒

聽 ♪

 ＊ ＊ ＊み

| 字尾相同 的 單字群組 | 　MP3 172 | かみ　　紙
てがみ　　信 |

聽 ♪

中文
▼
慢速日文
▼
快速日文

♪
| か | ★
み |
| ka | mi |

かみ
───
紙
【紙】

♪
| て | が・み |
| te | ga　mi |

てがみ
───
手 紙
【信】

 例句學習區 20 秒 ★ ★ ★ ★ ★ ★

聽
中文
▼
分段&慢速日文
▼
快速日文

★
有 紙 嗎？

かみ
紙　　が　　あります か。
ka mi　ga　　a ri ma su ka

聽 ♪
中文
▼
分段&慢速日文
▼
快速日文

★
媽媽的來 信。

はは　　　　　　　てがみ
母　から　　の　　手 紙　です。
ha ha　ka ra　　no　　te ga mi　de su

單字學習區 20 秒

聽♪ ＊＊＊んど

字尾相同
的
單字群組

MP3 173

こんど　下一次
ほとんど　大部分

聽♪

中文
▼
慢速日文
▼
快速日文

★
こ ん・ど
ko n do

こんど
今度
【下一次】

★
ほ と ん・ど
ho to n do

ほとんど

【大部分】

 例句學習區 20 秒 ★ ★ ★ ★ ★ ★

聽♪

中文
▼
分段&慢速日文
▼
快速日文

★
下一次 我要去法國。

こんど
今度　　フランス　　へ　　い 行きます。
ko n do　fu ra n su　e　　i ki ma su

聽♪

中文
▼
分段&慢速日文
▼
快速日文

★
大部分 的人都贊成。

ほ と ん ど　が　さ ん せ い 賛 成 した。
ho to n do　ga　san se i shi ta

單字學習區 20 秒

聽 🎵

さくら ＊＊＊

MP3 174

| さくら | 櫻花 |
| さくらんぼ | 櫻桃 |

聽 🎵

中文
▼
慢速日文
▼
快速日文

🎵
さ・く・ら
sa ku ra

さくら
桜
【櫻花】

🎵
さ・く・ら・ん・ぼ
sa ku ra n bo

さくらんぼ
【櫻桃】

35

★群組 139

 例 句 學 習 區 20 秒 ★ ★ ★ ★ ★ ★

聽
中文
▼
分段&慢速日文
▼
快速日文

★
櫻花 很漂亮。

さくら 　　 は 　 きれい
桜 　　 は 　 綺 麗 　 です。
sa ku ra 　 wa 　 ki re i 　 de su

聽 🎵
中文
▼
分段&慢速日文
▼
快速日文

★
我最討厭 櫻桃 了。

さくらんぼ 　 が 　 だいきら
　　　　　　　　　 大 嫌 い 　 です。
sa ku ra n bo 　 ga 　 da i ki ra i 　 de su

187

★ 單字學習區 20秒

聽♪　　　　なる ＊＊＊

MP3 175

なる**ほど**　果然
なる**べく**　盡可能

35
★群組 140

聽♪

中文
▼
慢速日文
▼
快速日文

♪
な・る・ほ・ど
na　ru　ho　do

♪
な・る・べ・く
na　ru　be　ku

なるほど
─────
【果然】

なるべく
─────
【盡可能】

★ 例句學習區 20秒 ★ ★ ★ ★ ★ ★

聽♪
中文
▼
分段&慢速日文
▼
快速日文

★
果然 和你講的一樣。

なるほど、　君の　言う　通りだ。
na ru ho do　　ki mi　no　i u　to o ri da
　　　　　　　きみ　　　　い　　　とお

聽♪
中文
▼
分段&慢速日文
▼
快速日文

★
請 盡可能 早點完成。

なるべく　早く　して　下さい。
na ru be ku　ha ya ku　shi te　ku da sa i
　　　　　はや　　　　　　　くだ

MP3 176

★背景音樂：Living on the Road
★學習內容：單字群組 141~144
★學習次數：唸 2 次

預備

♪1拍　♪2拍　♪3拍　♪4拍　四拍前奏

Go！開始

群組 141	★ 動感節奏 + 聽音樂學習 ★		
	♪♪♪	♪♪♪	羅馬拼音
	味噌 ➡	みそ	mi.so
	味噌湯 ➡	みそしる	mi.so.shi.ru

群組 142	★ 動感節奏 + 聽音樂學習 ★		
	♪♪♪	♪♪♪	羅馬拼音
	生魚片 ➡	さしみ	sa.shi.mi
	榻榻米 ➡	たたみ	ta.ta.mi

群組 143	★ 動感節奏 + 聽音樂學習 ★		
	♪♪♪	♪♪♪	羅馬拼音
	壽喜燒 ➡	すきやき	su.ki.ya.ki
	鐵板燒 ➡	てっぱんやき	te.ppa.n.ya.ki

群組 144	★ 動感節奏 + 聽音樂學習 ★		
	♪♪♪	♪♪♪	羅馬拼音
	抱歉 ➡	ごめんなさい	go.me.n.na.sa.i
	有人在嗎 ➡	ごめんください	go.me.n.ku.da.sa.i

從頭來！再聽一次！

Music Japanese

★
群組
141

★ 單字學習區 20秒

聽 ♪

みそ ＊＊＊

字首相同
的
單字群組

MP3 177

みそ　　　味噌
みそしる　味噌湯

聽 ♪

中文
▼
慢速日文
▼
快速日文

★
み　そ
mi　so

みそ
味噌
【味噌】

★
み　そ・し　る
mi　so　shi　ru

みそしる
味噌汁
【味噌湯】

★ 例句學習區 20秒 ★ ★ ★ ★ ★ ★

聽 ♪

中文
▼
分段&慢速日文
▼
快速日文

味噌 拉麵。

み そ
味 噌　ラーメン。
mi so　ra a me n

聽 ♪

中文
▼
分段&慢速日文
▼
快速日文

請用，這是 味噌湯。

み そ しる
味 噌 汁　です。　どうぞ。
mi so shi ru　de su　do u zo

單字學習區 20 秒

聽 ♪

***み

字尾相同 的 單字群組

MP3 178

さしみ　生魚片
たたみ　榻榻米

聽 ♪

中文
▼
慢速日文
▼
快速日文

★
さ　し・み
sa　shi　mi

た　た・み
ta　ta　mi

さ　み
刺し身
【生魚片】

たたみ
畳
【榻榻米】

36

★
群
組
142

 例句學習區 20 秒 ★★★★★★★

聽
中文
▼
分段&慢速日文
▼
快速日文

生魚片 很好吃。

さ　み　　　　　　　　おい
刺し身　は　美味しい　です。
sa shi mi　wa　o i shi i　de su

聽
中文
▼
分段&慢速日文
▼
快速日文

在 榻榻米 上。

たたみ　　　　　　うえ
畳　の　上　です。
ta ta mi　no　u e　de su

191

單字學習區 20秒

聽♪

 ＊＊＊やき

字尾相同 的 單字群組

MP3 179

すきやき 壽喜燒
てっぱんやき 鐵板燒

聽♪

中文
▼
慢速日文
▼
快速日文

す｜き・や・き
su｜ki ya ki

や
すき焼き
【壽喜燒】

て｜っ・ぱ・ん・や・き
te｜ppa n ya ki

てっぱんや
鉄 板 焼き
【鐵板燒】

例句學習區 20秒 ★ ★ ★ ★ ★ ★

聽♪

中文
▼
分段&慢速日文
▼
快速日文

★

我討厭吃 壽喜燒。

や
すき 焼き が 嫌い です。
su ki ya ki ga ki ra i de su

聽♪

中文
▼
分段&慢速日文
▼
快速日文

★

我喜歡吃 鐵板燒。

てっぱん や　　　　す
鉄 板 焼き が 好き です。
te ppa n ya ki ga su ki de su

單字學習區 20 秒

聽♪ ごめん＊＊＊さい

首尾相同
的
單字群組

MP3 180

ごめん**な**さい　　抱歉
ごめん**くだ**さい　有人在嗎

36

★
群
組
144

聽♪

中文
▼
慢速日文
▼
快速日文

♪
　　　　　　　★
ご・め・ん・な・さ・い
go　me　n　na　sa　i

ごめんなさい
【抱歉】

♪
　　　　　　　★
ご・め・ん・く・だ・さ・い
go　me　n　ku　da　sa　i

くだ
ごめん 下 さい
【有人在嗎】

 例句學習區 20 秒 ★ ★ ★ ★ ★ ★

聽♪
中文
▼
分段&慢速日文
▼
快速日文

★
真是 抱歉 ，我遲到了。

おく
遅れて　　しまって　　ごめんなさい。
o ku re te　　shi ma　　tte　　go me n na sa i

聽♪
中文
▼
分段&慢速日文
▼
快速日文

★
「有人在嗎？」「請問是哪一位？」

くだ
「ごめん　下 さい。」　「どなた　ですか。」
go me n　ku da sa i　　　　do na ta　de su ka

MP3 181

★背景音樂：Living on the Road
★學習內容：單字群組 145~148
★學習次數：唸 2 次

預備

♪1拍　♪2拍　♪3拍　♪4拍　　四拍前奏

Go！開始

群組 145	★ 動感節奏 ＋ 聽音樂學習 ★		
	♪♪	♪♪	羅馬拼音
	城鎮 ➡	まち	ma.chi
	等待 ➡	まつ	ma.tsu

群組 146	★ 動感節奏 ＋ 聽音樂學習 ★		
	♪♪	♪♪	羅馬拼音
	雪 ➡	ゆき	yu.ki
	月亮 ➡	つき	tsu.ki

群組 147	★ 動感節奏 ＋ 聽音樂學習 ★		
	♪♪	♪♪	羅馬拼音
	多的 ➡	おおい	o.o.i
	眾多 ➡	おおぜい	o.o.ze.i

群組 148	★ 動感節奏 ＋ 聽音樂學習 ★		
	♪♪	♪♪	羅馬拼音
	電燈 ➡	でんき	de.n.ki
	電車 ➡	でんしゃ	de.n.sha

從頭來！再聽一次！

★ 單字學習區 20 秒

聽♪

字首相同 的 單字群組

ま＊＊＊

MP3 182

まち　城鎮
まつ　等待

聽♪

中文
▼
慢速日文
▼
快速日文

★
ま：ち
ma：chi

まち
町
【城鎮】

★
ま：つ
ma：tsu

ま
待つ
【等待】

★ 例句學習區 20 秒 ★ ★ ★ ★ ★ ★

聽♪
中文
▼
分段&慢速日文
▼
快速日文

★
到 城 裡買東西。

まち　　　　　　か　もの　　　　　　い
町　へ　買い物　に　行きます。
ma chi　e　ka i mo no　ni　i ki ma su

聽♪
中文
▼
分段&慢速日文
▼
快速日文

★
讓你久 等 了。

ま
お待たせ　しました。
o ma ta se　shi ma shi ta

★ 單字學習區 20 秒

聽 🎵

***き

字尾相同 的 單字群組

MP3 183

ゆき 雪
つき 月亮

聽 🎵

中文
▼
慢速日文
▼
快速日文

★
ゆ き
yu ki

ゆき
雪
【雪】

★
つ き
tsu ki

つき
月
【月亮】

★ 例句學習區 20 秒 ★ ★ ★ ★ ★ ★

聽 🎵

中文
▼
分段&慢速日文
▼
快速日文

★
下 雪 了 嗎 ？
ゆ き　　　　　　ふ
雪　 が　 降 り ま し た か 。
yu ki　ga　fu ri ma shi ta ka

聽 🎵

中文
▼
分段&慢速日文
▼
快速日文

★
月亮 很漂亮。
つ き　　　　　 きれい
月　 は　 綺 麗　 で す 。
tsu ki　wa　ki re i　de su

單字學習區 20秒

聽 ♪

おお＊＊＊い

首尾相同 的 單字群組

MP3 184

おおい　　　多的
おおぜい　　眾多

37

★群組 147

聽 ♪

中文
▼
慢速日文
▼
快速日文

★
お・お・い
o　o　i

おお
多 い
【多的】

★
お・お・ぜ・い
o　o　ze　i

おおぜい
大　勢
【眾多】

 例句學習區 20秒 ★ ★ ★ ★ ★ ★

聽

中文
▼
分段&慢速日文
▼
快速日文

★
很 多 人。

ひと　　　　　　おお
人　が　多 い　です。
hi to　ga　o o i　de su

聽

中文
▼
分段&慢速日文
▼
快速日文

★
人潮真 多 啊！

ひと　　　　　　おおぜい
人　が　大 勢　いますね。
hi to　ga　o o ze i　i ma su ne

★ 單字學習區 20 秒

聽♪

でん＊＊＊

字首相同
的
單字群組

MP3 185

でんき　　電燈
でんしゃ　電車

聽♪

中文
▼
慢速日文
▼
快速日文

★
で・ん・き
de　n　ki

★
で・ん・しゃ
de　n　sha

でんき
電気
【電燈】

でんしゃ
電車
【電車】

★ 例句學習區 20 秒 ★★★★★★

聽♪

中文
▼
分段&慢速日文
▼
快速日文

★
開 電燈。

でんき
電気　　を　　つけます。
de n ki　　wo　　tsu ke ma su

聽♪

中文
▼
分段&慢速日文
▼
快速日文

★
坐 電車 嗎？

でんしゃ
電車　　に　　の
乗りますか。
de n sha　　ni　　no ri ma su ka

★背景音樂：Living on the Road
★學習內容：單字群組 149~152
★學習次數：唸 2 次

預 備

♫1拍　♫2拍　♫3拍　♫4拍　　四拍前奏

Go！開始

群組 149	★ 動感節奏 ＋ 聽音樂學習 ★		
	♫♫	♫♫	羅馬拼音
	漂亮 ➡	かっこいい	ka.kko.i.i
	學校 ➡	がっこう	ga.kko.u

群組 150	★ 動感節奏 ＋ 聽音樂學習 ★		
	♫♫	♫♫	羅馬拼音
	酒 ➡	おさけ	o.sa.ke
	鬼怪 ➡	おばけ	o.ba.ke

群組 151	★ 動感節奏 ＋ 聽音樂學習 ★		
	♫♫	♫♫	羅馬拼音
	茶 ➡	おちゃ	o.cha
	玩具 ➡	おもちゃ	o.mo.cha

群組 152	★ 動感節奏 ＋ 聽音樂學習 ★		
	♫♫	♫♫	羅馬拼音
	水果 ➡	くだもの	ku.da.mo.no
	飲料 ➡	のみもの	no.mi.mo.no

從頭來！再聽一次！

單字學習區 20 秒

聽 ♪

 ＊＊＊っこ＊＊＊

中間相同
的
單字群組

MP3 187

| かっこいい | 漂亮；帥 |
| がっこう | 學校 |

聽 ♪

♪

中文
▼
慢速日文
▼
快速日文

か　っ・こ・い　い
ka　　　kko　i　　i

かっこいい

【漂亮；帥】

が　っ・こ・う
ga　　　kko　u

がっこう
学　校
【學校】

 例句學習區 20 秒 ★ ★ ★ ★ ★ ★

聽 ♪

中文
▼
分段&慢速日文
▼
快速日文

真是超 漂亮 的！

とても　かっこいい　ですね。
to te mo　ka　kko i i　de su ne

聽 ♪

中文
▼
分段&慢速日文
▼
快速日文

去 學校。

がっこう　　　い
学　校　へ　行きます。
ga kko u　e　i ki ma su

200

單字學習區 20秒

聽 🎵 お＊＊＊け

首尾相同 的 單字群組

MP3 188

おさけ　酒
おばけ　鬼怪

38

★群組 150

聽 🎵

中文 ▼ 慢速日文 ▼ 快速日文

お　さ・け
o　sa　ke

さけ
お 酒
【酒】

★
お　ば　け
o　ba　ke

ば
お化け
【鬼怪】

 例句學習區 20秒 ★★★★★★★

聽 🎵
中文 ▼ 分段&慢速日文 ▼ 快速日文

我想喝 酒。

さけ　　　　　　の
お 酒　を　飲みたい　です。
o sa ke　wo　no mi ta i　de su

聽 🎵
中文 ▼ 分段&慢速日文 ▼ 快速日文

恐怖的 鬼。

こわ　　　　ば
怖い　お化け。
ko wa i　o ba ke

201

單字學習區 **20 秒**

聽 🎵

お ＊ ＊ ＊ ちゃ

首尾相同 的 單字群組	MP3 189	おちゃ 茶
		おもちゃ 玩具

聽 🎵

中文
▼
慢速日文
▼
快速日文

お ： ちゃ
o cha

★
お ： も ： ちゃ
o mo cha

ちゃ
お 茶
【茶】

おもちゃ
【玩具】

 例句學習區 **20 秒** ★ ★ ★ ★ ★ ★

聽 🎵

中文
▼
分段&慢速日文
▼
快速日文

請給我一杯 茶。

ちゃ ： ： くだ
お 茶 ▼ を ▼ 下 さい。
o cha wo ku da sa i

聽 🎵

中文
▼
分段&慢速日文
▼
快速日文

我想要 玩具。

おもちゃ ▼ が ▼ ほしい ▼ です。
o mo cha ga ho shi i de su

單字學習區 20 秒

聽♪ **✱✱✱もの**

字尾相同 的 單字群組

MP3 190

くだもの　水果
のみもの　飲料

38

★群組 152

聽♪

中文 ▼ 慢速日文 ▼ 快速日文

★
く　だ　も・の
ku　da　mo　no

くだもの
果　物
【水果】

★
の　み・も　の
no　mi　mo　no

の　もの
飲み　物
【飲料】

 例句學習區 20 秒 ★ ★ ★ ★ ★ ★

聽♪

中文 ▼ 分段&慢速日文 ▼ 快速日文

★
我最喜歡吃 水果。

くだもの　　　　　　　だいす
果　物　が　　大　好き　です。
ku da mo no　ga　dai su ki　de su

聽♪

中文 ▼ 分段&慢速日文 ▼ 快速日文

★
你要喝 飲料 嗎？

の　　もの
お飲み　物　は　いかがですか。
o no mi mo no　wa　i ka ga de su ka

★背景音樂：Living on the Road
★學習內容：單字群組 153~156
★學習次數：唸 2 次

預備

♪1拍　♪2拍　♪3拍　♪4拍　四拍前奏

Go！開始

群組 153	★ 動感節奏 ＋ 聽音樂學習 ★		
	♪♪	♪♪	羅馬拼音
	上課 ➡	じゅぎょう	ju.gyo.u
	畢業 ➡	そつぎょう	so.tsu.gyo.u

群組 154	★ 動感節奏 ＋ 聽音樂學習 ★		
	♪♪	♪♪	羅馬拼音
	皮包 ➡	かばん	ka.ba.n
	廣告看板 ➡	かんばん	ka.n.ba.n

群組 155	★ 動感節奏 ＋ 聽音樂學習 ★		
	♪♪	♪♪	羅馬拼音
	足夠 ➡	けっこう	ke.kko.u
	結婚 ➡	けっこん	ke.kko.n

群組 156	★ 動感節奏 ＋ 聽音樂學習 ★		
	♪♪	♪♪	羅馬拼音
	眞的 ➡	ほんとう	ho.n.to.u
	眞的嗎 ➡	ほんとうですか	ho.n.to.u.de.su.ka

204

從頭來！再聽一次！

聽 ♪

字尾相同 的 單字群組

MP3 192

＊＊＊ぎょう

じゅぎょう　上課
そつぎょう　畢業

39

★
群組
153

聽 ♪♪

中文
▼
慢速日文
▼
快速日文

★
じゅ　ぎょ・う
ju　gyo　u

じゅぎょう
授　業
【上課】

そ　つ・ぎょ・う
so　tsu　gyo　u

そつぎょう
卒　業
【畢業】

 例句學習區 20 秒　★　★　★　★　★　★

聽

中文
▼
分段&慢速日文
▼
快速日文

★
上課　好無聊喔。

じゅぎょう
授　業　は　　つまらない　　です。
ju　gyo　u　wa　　tsu ma ra na i　　de su

聽

中文
▼
分段&慢速日文
▼
快速日文

★
我已經　畢業　了。

そつぎょう
もう、　　卒　業　　しました。
mo u　　so tsu gyo u　shi ma shi ta

★ 單字學習區 20 秒

聽 ♪

MP3 193

かばん	皮包
かんばん	廣告看板

首尾相同
的
單字群組

聽 ♪

中文
▼
慢速日文
▼
快速日文

か・ば・ん
ka　ba　n

か・ん・ば・ん
ka　n　ba　n

かばん
【皮包】

かんばん
看　板
【廣告看板】

★ 例句學習區 20 秒 ★ ★ ★ ★ ★ ★

聽 ♪
中文
▼
分段&慢速日文
▼
快速日文

★
我的 皮包 在哪裡？

わたし
私　の　かばん　は　どこ　ですか。
wa ta shi　no　ka ba n　wa　do ko　de su ka

聽 ♪
中文
▼
分段&慢速日文
▼
快速日文

★
好大的 廣告看板。

おお　　　かんばん
大 きい　看 板　です。
o o ki i　ka n ba n　de su

★ 單字學習區 20 秒

けっこ ＊＊＊

聽♪

字首相同 的 **單字群組**

 MP3 194

けっこう　足夠
けっこん　結婚

聽♪

中文
▼
慢速日文
▼
快速日文

★
け・っ・こ・う
ke　kko　u

けっこう
結構
【足夠】

け・っ・こ・ん
ke　kko　n

けっこん
結婚
【結婚】

★ 例句學習區 20 秒 ★★★★★★

聽♪
中文
▼
分段&慢速日文
▼
快速日文

★
已經夠了。

もう、　けっこう 結構　です。
mo u　ke kko u　de su

聽♪
中文
▼
分段&慢速日文
▼
快速日文

★
你結婚了嗎？

けっこん
結婚して　いますか。
ke kko n shi te　i ma su ka

★ 單字學習區 20秒

聽 ♪

ほんとう ＊＊＊

| 字首相同 的 單字群組 |  MP3 195 | ほんとう　　　眞的 ほんとうですか　眞的嗎 |

聽 ♪

中文
▼
慢速日文
▼
快速日文

ほ・ん・と・う
ho n to u

ほんとう
本　当
【眞的】

ほ・ん・と・う・で・す・か
ho n to u de su ka

ほんとう
本　当　ですか
【眞的嗎】

★ 例句學習區 20秒 ★ ★ ★ ★ ★ ★ ★

聽 ♪

中文
▼
分段&慢速日文
▼
快速日文

★
你 真的 幫了我一個大忙。

ほんとう　　　　　　たす
本　当　に　助　かりました。
ho n to u　ni　ta su ka ri ma shi ta

聽 ♪

中文
▼
分段&慢速日文
▼
快速日文

★
這是 真的嗎？

ほんとう
これ　は　本　当　ですか。
ko re　wa　ho n to u　de su ka

★背景音樂：Living on the Road
★學習內容：單字群組 157~160
★學習次數：唸 2 次

（預備）

♪1拍　　♪2拍　　♪3拍　　♪4拍　　四拍前奏

Go！開始

群組 157	★ 動感節奏 + 聽音樂學習 ★		
	♪♪♪	♪♪	羅馬拼音
	受歡迎 ➡	にんき	ni.n.ki
	認真 ➡	ほんき	ho.n.ki

群組 158	★ 動感節奏 + 聽音樂學習 ★		
	♪♪♪	♪♪	羅馬拼音
	生病 ➡	びょうき	byo.u.ki
	醫院 ➡	びょういん	byo.u.i.n

群組 159	★ 動感節奏 + 聽音樂學習 ★		
	♪♪♪	♪♪	羅馬拼音
	機場 ➡	くうこう	ku.u.ko.u
	公園 ➡	こうえん	ko.u.e.n

群組 160	★ 動感節奏 + 聽音樂學習 ★		
	♪♪♪	♪♪	羅馬拼音
	中午 ➡	ひる	hi.ru
	晚上 ➡	よる	yo.ru

從頭來！再聽一次！

單字學習區 20 秒

聽 ♪

字尾相同
的
單字群組

MP3 197

にんき　受歡迎
ほんき　認眞

40

★
群組
157

聽 ♪

中文
▼
慢速日文
▼
快速日文

に ・ ん・ き
ni 　 n 　 ki

ほ ・ ん・ き
ho 　 n 　 ki

にんき
人 気
【受歡迎】

ほんき
本 気
【認眞】

 例句學習區 20 秒 ★ ★ ★ ★ ★ ★

聽

中文
▼
分段&慢速日文
▼
快速日文

★

很 受歡迎 喔！

　　　　　　にんき
なかなか　人 気　が　ありますよ。
na ka na ka　 ni n ki 　 ga 　 a ri ma su yo

聽

中文
▼
分段&慢速日文
▼
快速日文

★

你是 認真 的嗎？

ほんき
本 気　ですか。
ho n ki　 de su ka

單字學習區 20 秒

 聽 🎵

びょう ＊＊＊

字首相同 的 單字群組

MP3 198

びょうき　　生病
びょういん　醫院

聽 🎵

中文
▼
慢速日文
▼
快速日文

🎵 びょ┊う・き
　　byo┊u　ki

びょうき
病　気
【生病】

🎵 びょ┊う・い・ん
　　byo┊u　i　n

びょういん
病　院
【醫院】

 例句學習區 20 秒 ★ ★ ★ ★ ★ ★ ★

聽

中文
▼
分段&慢速日文
▼
快速日文

★

生病 了嗎？

びょう　き
　病　気　に　なりましたか。
byo u ki　ni　na ri ma shi ta ka

聽

中文
▼
分段&慢速日文
▼
快速日文

★

醫院 在哪裡？

びょういん
　病　院　は　どこ　ですか。
byo u i n　wa　do ko　de su ka

Music Japanese

40

★
群
組
158

211

40

★
群
組
159

聽♪ **＊＊＊こう＊＊＊**

中間相同
的
單字群組

くうこう　　機場
こうえん　公園

聽♪

中文
▼
慢速日文
▼
快速日文

く　う・こ・う
ku　u　ko　u

くうこう
空　港
【機場】

こ　う・え・ん
ko　u　e　n

こうえん
公　園
【公園】

☆ **例句學習區** 20 秒 ★ ★ ★ ★ ★ ★

聽♪

中文
▼
分段&慢速日文
▼
快速日文

★

羽田 機場。

はねだ　　くうこう
羽　田　　空　港。
ha ne da　ku u ko u

聽♪

中文
▼
分段&慢速日文
▼
快速日文

★

在 公園 散步。

こうえん　　　　さんぽ
公　園　で　散　歩します。
ko u en　de　sa n po shi ma su

212

單字學習區 20秒

聽 ♪

＊＊＊る

字尾相同 的 單字群組

MP3 200

ひる　中午
よる　晚上

聽 ♪

中文
▼
慢速日文
▼
快速日文

♪
★
ひ　　る
hi　　ru

♪
★
よ　　る
yo　　ru

ひる
—————
昼
【中午】

よる
—————
夜
【晚上】

★ 例句學習區 20秒 ★ ★ ★ ★ ★ ★ ★

聽

中文
▼
分段&慢速日文
▼
快速日文

中午 了。我們去吃午餐吧！

ひる　　　　　ひる　　はん
お 昼 だ。　昼 ご 飯 に しよう。
o hi ru da　hi ru go ha n　ni　shi yo u

聽

中文
▼
分段&慢速日文
▼
快速日文

晚上 的夜景很美。

よる　　　　けしき　　　　　きれい
夜 の 景 色 が 綺 麗 です。
yo ru　no　ke shi ki　ga　ki re i　de su

213

用聽的學日語單字

PART ②

相互對應的單字群組
意義相反的單字群組

★ 單字學習區 20 秒

★ 群組 161

聽 ♪

意義相反 的 單字群組

MP3 201

うえ　上面
した　下面

聽 ♪

中文
▼
慢速日文
▼
快速日文

う　　え
u　　e

うえ
上
【上面】

し　た
shi　ta

した
下
【下面】

★ 例句學習區 20 秒 ★ ★ ★ ★ ★ ★

聽

中文
▼
分段&慢速日文
▼
快速日文

在桌子 上面。

つくえ　　　　　うえ
　机　　の　　上　です。
tsu ku e　no　u e　de su

聽 ♪

中文
▼
分段&慢速日文
▼
快速日文

在椅子 下面。

　　　　　　した
いす　の　下　です。
i su　no　shi ta　de su

單字學習區 20 秒

聽

意義相反 的 單字群組

MP3 202

そと　外面
なか　裡面

聽

中文
▼
慢速日文
▼
快速日文

★
そ　と
so　to

そと
外
【外面】

★
な　か
na　ka

なか
中
【裡面】

★
群
組
162

 例句學習區 20 秒 ★ ★ ★ ★ ★ ★ ★

聽
中文
▼
分段&慢速日文
▼
快速日文

★
去 外面 走走吧！

そと　　　　　　で
外　に　　出かけましょう。
so to　ni　de ka ke ma sho u

聽
中文
▼
分段&慢速日文
▼
快速日文

★
裡面 有什麼東西呢？

なか　　　　なに
中　に　　何　が　　あります か。
na ka　ni　na ni　ga　a ri ma su ka

217

單字學習區 20 秒

聽 🎵

 ＊＊＊

| 相互對應 的 單字群組 |  MP3 203 | いぬ　狗
ねこ　貓 |

聽 🎵

| 中文 ▼ 慢速日文 ▼ 快速日文 | 🎵 い　ぬ ★
i　nu | いぬ
犬
【狗】 |
| | 🎵 ★
ね　こ
ne　ko | ねこ
猫
【貓】 |

★
群組
163

 例句學習區 20 秒 ★ ★ ★ ★ ★ ★

聽 🎵

| 中文 ▼ 分段&慢速日文 ▼ 快速日文 | ★
可愛的 狗。
かわい　　　いぬ
可愛い　犬。
ka wai i　i nu |

聽 🎵

| 中文 ▼ 分段&慢速日文 ▼ 快速日文 | ★
我最喜歡 貓。
ねこ　　　　だいす
猫　が　大好き　です。
ne ko　ga　dai su ki　de su |

單字學習區 20 秒

聽 ♪

相互對應 的 單字群組

MP3 204

わたし　我
あなた　你

聽 ♪

中文
▼
慢速日文
▼
快速日文

わ・た・し
wa　ta　shi

わたし
私
【我】

★
あ・な・た
a　na　ta

あなた

【你】

群組
164

 例句學習區 20 秒 ★ ★ ★ ★ ★ ★

聽 ♪

中文
▼
分段&慢速日文
▼
快速日文

★
我 也是。

わたし
　私　　も　　です。
wa ta shi　mo　　de su

聽 ♪

中文
▼
分段&慢速日文
▼
快速日文

★
你 呢？

あなたは？
a na ta wa

219

單字學習區 20 秒

聽 ♪

相互對應 的 單字群組

MP3 205

おはよう　早安
おやすみ　晩安

聽 ♪

中文
▼
慢速日文
▼
快速日文

お　は・よ・う
o　ha　yo　u

おはよう

【早安】

お　や・す・み
o　ya　su　mi

やす
お休み
【晩安】

 例句學習區 20 秒　★ ★ ★ ★ ★ ★

聽 ♪

中文
▼
分段&慢速日文
▼
快速日文

★

大家 早安。

みなさん、　おはよう　ございます。
mi na sa n　　o ha yo u　　go za i ma su

聽 ♪

中文
▼
分段&慢速日文
▼
快速日文

★

晩安。

やす
お休み　なさい。
o ya su mi　na sa i

群組 165

單字學習區 20 秒

聽♪

相互對應 的 單字群組

MP3 206

＊＊＊

ただいま　我回來了
おかえり　你回來啦

聽♪

中文
▼
慢速日文
▼
快速日文

♪
た　だ・い・ま
ta　da　i　ma

ただいま
【我回來了】

♪
お　か・え・り
o　ka　e　ri

かえ
お帰り
【你回來啦】

 例句學習區 20 秒　★★★★★★★

聽♪

中文
▼
分段&慢速日文
▼
快速日文

★
爺爺，我回來了。

おじいさん、　ただいま。
o ji i sa n　　ta da i ma

聽♪

中文
▼
分段&慢速日文
▼
快速日文

★
你回來啦。

かえ
お帰り　なさい。
o ka e ri　na sa i

221

☆ 單字學習區 20 秒

聽 🎵

相互對應 的 單字群組

MP3 207

いただきます 我要開動了
ごちそうさま 謝謝招待

聽 🎵

中文
▼
慢速日文
▼
快速日文

	★	
い	た・だ・き・ま	す
i	ta　da　ki　ma	su

いただきます
【我要開動了】

ご	ち・そ・う・さ・ま
go	chi　so　u　sa　ma

ちそうさま
ご 馳 走 様
【謝謝招待】

☆ 例句學習區 20 秒 ★ ★ ★ ★ ★ ★

聽 🎵

中文
▼
分段&慢速日文
▼
快速日文

★
「我要開動了。」 「請用。」

「いただきます。」　「はい。 どうぞ。」
　i ta da ki ma su　　　 ha i　 do u zo

聽 🎵

中文
▼
分段&慢速日文
▼
快速日文

★
謝謝 你的 招待。

　ち そうさま
ご 馳 走 様　でした。
go chi so u sa ma　de shi ta

單字學習區 20 秒

聽 ♪

相互對應 的 單字群組

MP3 208

ありがとう　　　謝謝你
どういたしまして　不客氣

聽 ♪

中文
▼
慢速日文
▼
快速日文

★
あ　り　が　と・う
a　ri　ga　to　u

ありがとう
【謝謝你】

★
ど・う・い・た・し・ま・し・て
do　u　i　ta　shi ma shi te

どういたしまして
【不客氣】

★
群組
168

例句學習區 20 秒 ★ ★ ★ ★ ★ ★ ★

聽
中文
▼
分段&慢速日文
▼
快速日文

★
非常 謝謝你。

ありがとう　ございます。
a ri ga to u　　go za i ma su

聽
中文
▼
分段&慢速日文
▼
快速日文

★
那裡，不客氣。

いいえ、　どういたしまして。
i i e　　do u i ta shi ma shi te

223

★ 單字學習區 20 秒

聽 ♪

相互對應 的 單字群組

MP3 209

はじめまして　初次見面
どうぞよろしく　請多指教

聽 ♪

中文
▼
慢速日文
▼
快速日文

は・じ・め・ま・し・て
ha　ji　me　ma　shi　te
★

はじめまして
【初次見面】

ど・う・ぞ・よ・ろ・し・く
do　u　zo　yo　ro　shi　ku
★

どうぞよろしく
【請多指教】

★ 例句學習區 20 秒 ★ ★ ★ ★ ★ ★

聽 ♪

中文
▼
分段&慢速日文
▼
快速日文

★
初次見面，**敝姓陳。**

はじめまして、　　陳　　です。
ha ji me ma shi te　　chi n　　de su
ちん

聽 ♪

中文
▼
分段&慢速日文
▼
快速日文

★
請多指教。

どうぞ　　よろしく　　お願いします。
do u zo　　yo ro shi ku　　o ne ga i shi ma su
ねが

單字學習區 20 秒

聽

 意義相反 的 單字群組

 MP3 210

いっき 乾杯
かんぱい 喝酒吧

聽

中文
▼
慢速日文
▼
快速日文

★
い・っ・き
i kki

いっき
一 気
【乾杯】

か・ん・ぱ・い
ka n pa i

かんぱい
乾 杯
【喝酒吧】

★ 群組 170

 例句學習區 20 秒 ★ ★ ★ ★ ★ ★

聽

中文
▼
分段&慢速日文
▼
快速日文

★
大家 乾杯 吧！

みんな　　　　　いっき　　　　　の　ほ
皆　　で、　一 気　に　飲 み 干 す！
mi n na　de　　i kki　ni　　no mi ho su

聽

中文
▼
分段&慢速日文
▼
快速日文

★
先 喝一杯 吧！

かんぱい
まず　は、　乾 杯 し よ う。
ma zu　wa　ka n pa i shi yo u

225

★ 單字學習區 20 秒

聽♪

相互對應 的 單字群組

MP3 211

すみません　不好意思
おかんじょう　我要買單

★群組 171

聽♪

中文
▼
慢速日文
▼
快速日文

す	み・ま・せ	ん
su	mi ma se	n

すみません

【不好意思】

お	か・ん・じょ・う
o	ka n jo u

かんじょう
お 勘 定
【我要買單】

★ 例句學習區 20 秒 ★ ★ ★ ★ ★ ★

聽♪

中文
▼
分段&慢速日文
▼
快速日文

不好意思，失陪一下（借過一下…等等）。

ちょっと　すみません。
cho　tto　su mi ma se　n

聽♪

中文
▼
分段&慢速日文
▼
快速日文

麻煩你，我要買單。

かんじょう　　　　ねが
お 勘 定　を　お 願 いします。
o ka n jo u　wo　o ne ga i shi ma su

單字學習區 20秒

聽🎵

 意義相反 的 單字群組

***

MP3 212

すき　　喜歡
きらい　討厭

聽🎵🎵

中文
▼
慢速日文
▼
快速日文

★
す き
su　ki

す
好き
【喜歡】

き ら・い
ki　ra　i

きら
嫌い
【討厭】

★
群組
172

 例句學習區 20秒 ★ ★ ★ ★ ★ ★ ★

聽

中文
▼
分段&慢速日文
▼
快速日文

我 喜歡 蘋果。

リ ン ゴ　が　好き　です。
ri　n　go　ga　su ki　de su

聽

中文
▼
分段&慢速日文
▼
快速日文

我 討厭 納豆。

なっとう　　　　　きら
納 豆　が　嫌い　です。
na　tto u　ga　ki ra i　de su

227

★ 單字學習區 20秒

聽 ♪

* * *

MP3 213

意義相反 的 單字群組

へた 不擅長的
じょうず 擅長的

聽 ♪

中文
▼
慢速日文
▼
快速日文

★
へ た
he　ta

へた
下手
【不擅長的】

★
じょ う ず
jo　u　zu

じょうず
上手
【擅長的】

★ 例句學習區 20秒 ★ ★ ★ ★ ★ ★ ★

聽 ♪

中文
▼
分段&慢速日文
▼
快速日文

★
我 不擅長 日文。

にほんご　　　　　　へ た
日本語　　が　　下手　　です。
ni ho n go　ga　he ta　de su

聽 ♪

中文
▼
分段&慢速日文
▼
快速日文

★
我 擅長 中文。

ちゅう ごく ご　　　　　じょうず
中　国　語　　が　　上手　　です。
chu u go ku go　ga　jo u zu　de su

228

單字學習區 20 秒

★ 群組 174

聽 🎵

相互對應 的 單字群組

 ✱ ✱ ✱
MP3 214

はは　母親
ちち　父親

聽 🎵

中文
▼
慢速日文
▼
快速日文

★
は　は
ha　ha

はは
母
【母親】

★
ち　ち
chi　chi

ちち
父
【父親】

 例句學習區 20 秒 ★ ★ ★ ★ ★ ★ ★

聽
中文
▼
分段&慢速日文
▼
快速日文

★
母親 節。

は は　　　　　ひ
母　　の　　日 。
ha ha　no　hi

聽
中文
▼
分段&慢速日文
▼
快速日文

★
父親 很嚴格。

ち ち　　　　　き び
父　　は　　厳 し い　　で す 。
chi chi　wa　ki bi shi i　de su

★ 單字學習區 20 秒

聽 ♪

意義相反的單字群組

MP3 215

はれ　　晴天
くもり　陰天

聽 ♪

中文
▼
慢速日文
▼
快速日文

★
は　れ
ha　re

は
晴れ
【晴天】

★
く　も・り
ku　mo　ri

くも
曇り
【陰天】

★ 例句學習區 20 秒 ★ ★ ★ ★ ★ ★

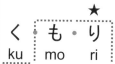

聽 ♪

中文
▼
分段&慢速日文
▼
快速日文

★

似乎明天是 晴天。

あした　　　　　は
明日　は　晴れ　そうです。
a shi ta　wa　ha re　so u de su

聽 ♪

中文
▼
分段&慢速日文
▼
快速日文

★

晴天變 陰天（晴時多雲）。

は　　　　　　　　くも
晴れ　のち　曇り。
ha re　no chi　ku mo ri

單字學習區 20 秒

聽 🎵

意義相反
的
單字群組

***

MP3 216

おなじ　一樣
ちがう　不一樣

聽 🎵

中文
▼
慢速日文
▼
快速日文

お・な・じ
o　na　ji

おな
同じ
【一樣】

ち・が・う
chi　ga　u

ちが
違う
【不一樣】

★
群組
176

 例句學習區 20 秒 ★ ★ ★ ★ ★ ★

聽 🎵

中文
▼
分段&慢速日文
▼
快速日文

★
和平常　一樣。

　　　　　　　　　おな
いつも　と　同じ　だよ。
i tsu mo　to　o na ji　da yo

聽 🎵

中文
▼
分段&慢速日文
▼
快速日文

★
大小　不一樣。

おお　　　　　　　ちが
大きさ　が　違います。
o o ki sa　ga　chi ga i ma su

★ 單字學習區 20秒

聽 ♪

意義相反 的 單字群組

MP3 217

＊＊＊

おとな　大人
こども　小孩

聽 ♪

中文
▼
慢速日文
▼
快速日文

お・と・な
o　to　na

こ・ど・も
ko　do　mo

おとな
大人
【大人】

こども
子供
【小孩】

★ 例句學習區 20秒　★ ★ ★ ★ ★ ★

聽 ♪

★

中文
▼
分段&慢速日文
▼
快速日文

長大成人。
おとな
大人　に　なる。
o to na　ni　na ru

聽 ♪

★

中文
▼
分段&慢速日文
▼
快速日文

小孩 很可愛。
こども　　　かわい
子供　が　可愛い　です。
ko do mo　ga　ka wa i　de su

單字學習區 20 秒

聽 🎵

相互對應 的 單字群組

MP3 218

＊＊＊

はる　春天
なつ　夏天

聽 🎵

中文
▼
慢速日文
▼
快速日文

★
は　る
ha　ru

はる
春
【春天】

★
な　つ
na　tsu

なつ
夏
【夏天】

★ 群組
178

例句學習區 20 秒 ★ ★ ★ ★ ★ ★

聽

中文
▼
分段&慢速日文
▼
快速日文

★
春天 是溫暖的。

はる　　　　あたた
春　は　　暖　かい　　です。
ha ru　wa　a ta ta ka i　de su

聽

中文
▼
分段&慢速日文
▼
快速日文

★
夏天 是炎熱的。

なつ　　　　あつ
夏　は　　暑　い　　です。
na tsu　wa　a tsu i　de su

單字學習區 20秒

聽 ♪

 ＊＊＊

MP3 219

あき　秋天
ふゆ　冬天

聽 ♪

中文
▼
慢速日文
▼
快速日文

★
あ　　き
a　　ki

★
ふ　　ゆ
fu　　yu

あき
秋
【秋天】

ふゆ
冬
【冬天】

 例句學習區 20秒 ★ ★ ★ ★ ★ ★

聽 ♪

中文
▼
分段&慢速日文
▼
快速日文

★
秋天 是涼爽的。

あき　　　　　すず
秋　は　涼しい　です。
a ki　wa　su zu shi i　de su

聽 ♪

中文
▼
分段&慢速日文
▼
快速日文

★
冬天 是寒冷的。

ふゆ　　　　さむ
冬　は　寒い　です。
fu yu　wa　sa mu i　de su

★ 單字學習區 20 秒

 聽♪

相互對應 的 單字群組

 MP3 220

 ＊＊＊

しお　　鹽巴
さとう　砂糖

 聽♪

中文
▼
慢速日文
▼
快速日文

し ★お
shi o

しお
塩
【鹽巴】

さ ★と う
sa to u

さとう
砂 糖
【砂糖】

★ 群組 180

★ 例句學習區 20 秒 ★ ★ ★ ★ ★ ★

聽
中文
▼
分段&慢速日文
▼
快速日文

★
請給我 鹽巴。

しお　　　　くだ
塩 を 下 さい。
shi o　wo　ku da sa i

聽
中文
▼
分段&慢速日文
▼
快速日文

★
要加 糖 嗎？

さとう　　　　い
砂 糖 を 入れますか。
sa to u　wo　i re ma su ka

235

檸檬樹出版社
Lemon Tree Publishing House

赤系列 34

動感日語單字：口訣歌謠＋群組學習
（附 Rap 節奏 MP3）

原書名為《用聽的學日文單字》

初版 1 刷　2017 年 2 月 17 日

作者	檸檬樹日語教學團隊
封面設計	陳文德
責任編輯	黃甯

發行人	江媛珍
社長・總編輯	何聖心
出版者	檸檬樹國際書版有限公司 檸檬樹出版社
	E-mail：lemontree@booknews.com.tw
	地址：新北市235中和區中安街80號3樓
	電話・傳真：02-29271121・02-29272336
會計・客服	吳芷葳
法律顧問	第一國際法律事務所 余淑杏律師
	北辰著作權事務所 蕭雄淋律師

全球總經銷・印務代理	知遠文化事業有限公司
網路書城	http://www.booknews.com.tw 博訊書網
	電話：02-26648800　傳真：02-26648801
	地址：新北市222深坑區北深路三段155巷25號5樓

港澳地區經銷	和平圖書有限公司
	電話：852-28046687　傳真：850-28046409
	地址：香港柴灣嘉業街12號百樂門大廈17樓

定價	台幣250元／港幣83元
劃撥帳號	戶名：19726702・檸檬樹國際書版有限公司
	・單次購書金額未達300元，請另付40元郵資
	・信用卡・劃撥購書需7-10個工作天

動感日語單字：口訣歌謠＋群組學習 / 檸檬樹日語
教學團隊著. -- 初版. -- 新北市：檸檬樹，2017.02
面；　公分. --（赤系列；34）

ISBN 978-986-92774-8-8（平裝附光碟片）

1.日語　2.詞彙

803.12　　　　　　　　　　　　　　106000423